Die drei !!!

Maja von Vogel Henriette Wich

Die drei !!!

Tatort Weihnachtsmarkt

KOSMOS
bei CARLSEN

Außerdem in der Reihe Die drei !!! im Carlsen Verlag lieferbar:
Die drei !!! – Das rote Phantom
Die drei !!! – Freundinnen in Gefahr (Dreifachband)
Die drei !!! – Gefahr im Reitstall
Die drei !!! – Gefahr in den Ruinen
Die drei !!! – Heuler in Not
Die drei !!! – Klappe und Action
Die drei !!! – Kuss der Meerjungfrau
Die drei !!! – Nacht der Elfen
Die drei !!! – Nixensommer / Flammen in der Nacht (Doppelband)
Die drei !!! – VIP-Alarm
Die drei !!! – Weihnachtsmann gesucht

Wir produzieren nachhaltig
- Klimaneutrales Produkt
- Papiere aus nachhaltigen und kontrollierten Quellen
- Hergestellt in Europa

FSC
www.fsc.org
MIX
Papier | Fördert gute Waldnutzung
FSC® C021394

Sonderausgabe
Veröffentlicht in der Carlsen Verlag GmbH
Völckersstraße 14-20, 22765 Hamburg
Oktober 2024
Mit freundlicher Genehmigung des Franckh-Kosmos Verlages
Die drei !!! – Tatort Weihnachtsmarkt
von Maja von Vogel und Henriette Wich

Umschlagbild: Anike Hage
Umschlaggestaltung: formlabor
ISBN 978-3-551-32218-0

Die drei !!!

Inhalt

Ein schwieriger Fall

Detektivtagebuch von Kim Jülich
Donnerstag, 15:13 Uhr
Es gibt aufregende Neuigkeiten! Der Detektivclub hat einen neuen Fall, und zwar den schwierigsten überhaupt: den No-Jungs-Fall. Aber der Reihe nach. Bei der Clubsitzung gestern im Hauptquartier war die Stimmung ungefähr so fröhlich wie auf einer Beerdigung. Franzi starrte traurig in ihre Teetasse, Marie seufzte pausenlos und ich war auch nicht besonders gut drauf. Der offizielle Teil des Treffens war schnell beendet, da sämtliche Verbrecher der Stadt offenbar gerade eine schöpferische Pause einlegen und unser Detektivclub deshalb vorübergehend arbeitslos ist.
Dann klagten wir einander unser Leid. Es stellte sich heraus, dass jede von uns gerade ziemlichen Liebeskummer hat. Jungs können manchmal aber auch furchtbar unsensible, gefühlskalte Dummköpfe sein! Doch nachdem wir unserem Ärger Luft gemacht hatten, fühlten wir uns schon etwas besser.
Schließlich klopfte Franzi mit einem Löffel gegen ihre Teetasse und verkündete: »Mädels, so geht das nicht weiter. Die wunderschöne Adventszeit steht vor der Tür und die sollten wir uns nicht von den Jungs vermiesen lassen. Darum schlage ich vor, dass wir bis Weihnachten eine jungsfreie Zeit einlegen.«
Ist das nicht eine super Idee? Marie war erst etwas skeptisch, ließ sich aber schließlich überzeugen. Wir gelobten

alle drei feierlich, bis Weihnachten weder zu flirten noch über unseren Liebeskummer oder über Jungs zu reden. Diese Themen sind ab sofort tabu!
Ich bin gespannt, wie es mit dem No-Jungs-Fall weitergeht. Denn eins ist sicher: Dieser Fall wird alles andere als leicht …

Nachdem Kim ihren Tagebucheintrag beendet hatte, schaltete sie den Computer aus und ging die Treppe hinunter. Heute wurde der Weihnachtsmarkt eröffnet! In einer halben Stunde war sie dort mit Marie und Franzi verabredet. Marie hatte einen Auftritt mit ihrem Schulchor, der ein paar Weihnachtslieder für die Eröffnungsfeier einstudiert hatte. Kim lächelte. Der erste Weihnachtsmarktbesuch des Jahres war immer etwas ganz Besonderes. Sie hatte sich vorgenommen, die Adventszeit in vollen Zügen zu genießen. Gab es etwas Schöneres, als leckere Weihnachtsplätzchen zu futtern, bei Kerzenschein Adventstee zu trinken und Geschenke zu basteln?
»Achtung, Kopfball!«, grölte eine Stimme in ihre Gedanken hinein.
Kim zuckte zusammen, als im Flur ein Ball haarscharf an ihrem Kopf vorbeisauste.
»Das war knapp!« Kims kleiner Bruder Ben kam angelaufen und schnappte sich den Ball. Dann kickte er ihn geschickt zu seinem Zwillingsbruder Lukas ins Wohnzimmer zurück. Die Zwillinge waren zehn Jahre alt und meistens furchtbare Nervensägen.

»Ihr wisst doch genau, dass ihr im Wohnzimmer nicht Fußball spielen sollt ...«, begann Kim, aber es war schon zu spät.

Lukas hatte den Ball aus Versehen mit einem kräftigen Tritt gegen den Adventskranz geschossen, den Kims Mutter erst heute Mittag über dem Wohnzimmertisch aufgehängt hatte. Es gab einen dumpfen Knall, als der schwere Kranz auf den Tisch donnerte. Tannennadeln flogen herum und die roten Kerzen landeten polternd auf dem Boden. Als krönender Abschluss rieselte weißer Putz von der Decke. Es sah aus wie Puderschnee.

»Ups!« Lukas starrte schuldbewusst auf die Bescherung, die er angerichtet hatte.

»Guter Schuss«, bemerkte Ben anerkennend.

Frau Jülich stürmte ins Wohnzimmer und schimpfte sofort los: »Wie oft habe ich euch schon gesagt, dass ihr im Haus nicht Fußball spielen sollt? Den Ball kassiere ich ein! Und ihr helft mir jetzt, das Chaos zu beseitigen.«

Kim beschloss, sich lieber unauffällig zu verdrücken. Sie nahm ihre Windjacke von der Garderobe und schlüpfte hinein. Wenigstens hatte ihre Mutter vor lauter Ärger über die Zwillinge ganz vergessen, dass sie Kim eigentlich noch Englisch-Vokabeln hatte abfragen wollen. Frau Jülich war Lehrerin und legte großen Wert darauf, dass ihre Kinder gute Noten bekamen – ein Thema, das seit der letzten Englischarbeit mal wieder für Spannungen zwischen Kim und ihrer Mutter sorgte.

»Ich geh zum Weihnachtsmarkt!«, rief Kim in Richtung

Wohnzimmer, wo die Zwillinge gerade dabei waren, die Kerzen wieder einzusammeln. »Bis später!«
Bevor ihre Mutter etwas erwidern konnte, zog sie die Tür hinter sich zu und marschierte los.

»Das Wetter muss bis Weihnachten aber noch anders werden.« Franzi warf einen unzufriedenen Blick zum Himmel, an dem dicke, graue Wolken hingen. Ein für Ende November viel zu warmer Wind blies ihr die roten Ponysträhnen ins Gesicht, als sie neben Kim vor der kleinen Bühne auf dem Marktplatz stand und auf Maries Auftritt wartete. Von Schnee keine Spur, aber wenigstens regnete es nicht.
»Keine Sorge, die Adventszeit fängt ja gerade erst an«, beruhigte Kim ihre Freundin. Sie schnupperte. »Rieche ich da etwa gebrannte Mandeln?« Sie sah sich um.
Der Weihnachtsmarkt bestand wie jedes Jahr aus vielen mit Lichterketten geschmückten Holzbuden, die sich auf dem Marktplatz rund um die Kirche drängelten. Es wurden Kerzen, Weihnachtsbaumschmuck, Holzspielzeug, Gewürze, Tee und viele andere hübsche Kleinigkeiten verkauft. Außerdem gab es natürlich diverse Getränke- und Essensstände sowie ein Karussell für Kinder.
Bevor Kim ausmachen konnte, woher der leckere Duft kam, stieß Franzi sie in die Seite. »Da kommt Marie«, zischte sie. »Es geht los!«
Kim sah zur Bühne, auf der sich gerade der Schulchor von Maries Gymnasium versammelte. Marie stand in der zweiten Reihe und winkte ihren Freundinnen fröh-

lich zu. Sie hatte ihre Haare zu einem lässigen Pferdeschwanz zusammengebunden und ihr brombeerfarbener Lippenstift harmonierte perfekt mit der Farbe ihres Halstuchs.

»Marie sieht mal wieder super aus«, sagte Kim.

Franzi grinste. »Hast du etwas anderes erwartet?«

Dann begann das Konzert. Der Chor gab bekannte Weihnachtslieder zum Besten, die nicht so ganz zu dem wenig winterlichen Wetter passen wollten. Die Zuhörer, die sich inzwischen vor der Bühne versammelt hatten, wirkten nur mäßig begeistert. Doch das änderte sich schlagartig beim letzten Lied. Es war *Stille Nacht, heilige Nacht*, das Marie als Solistin vortrug.

Kim stellte wieder einmal bewundernd fest, dass ihre Freundin eine unglaubliche Bühnenpräsenz hatte. Kein Wunder – das schauspielerische Talent hatte sie von ihrem Vater, Helmut Grevenbroich, geerbt, der ein bekannter Fernsehdarsteller war. Außerdem nahm Marie seit Jahren Gesangs- und Schauspielunterricht, weil sie später selbst Sängerin oder Schauspielerin werden wollte. Sie stand nun allein ganz vorne auf der Bühne und sang mit geschlossenen Augen. Und zwar mit solcher Inbrunst, dass die Leute aufhörten, sich zu unterhalten, und gebannt zuhörten. Als der letzte Ton verklungen war, herrschte einen Moment Stille. Dann brach tosender Applaus los, den Marie mit einer tiefen Verbeugung entgegennahm. Kim und Franzi klatschten wie verrückt. Maries Auftritte waren wirklich eine Klasse für sich!

Fünf Minuten später stürmte Marie auf ihre Freundinnen zu.
»Du warst super!« Kim begrüßte Marie mit einer Umarmung.
Franzi nickte eifrig. »Du hast es tatsächlich geschafft, mich bei plus 15 Grad in Weihnachtsstimmung zu versetzen.«
»Freut mich.« Marie grinste und strich sich eine blonde Haarsträhne hinters Ohr. »Dann kann die Adventszeit ja losgehen! Ich sag's euch, Mädels, wir werden jede Menge Spaß haben.«
Franzi grinste. »Und zwar ganz ohne Jungs – herrlich!«
»Aber dafür brauchen wir eine Extraportion Power.« Kim streckte den Arm aus. Die anderen machten es ihr nach und alle drei legten die Hände übereinander.
»Die drei !!!«, riefen die Freundinnen im Chor.
»Eins!«, sagte Kim, »Zwei!« kam es von Franzi und »Drei!« von Marie.
Dann warfen sie gleichzeitig die Hände in die Luft und riefen, so laut sie konnten: »Power!!!«
Plötzlich begannen ein paar Leute zu klatschen. Kim wurde knallrot, als sie bemerkte, dass sie von allen angestarrt wurden. Offenbar hielten die Umstehenden das Power-Ritual für einen Teil des Weihnachtskonzerts. Kim hasste es, im Mittelpunkt zu stehen, und hätte sich am liebsten in Luft aufgelöst. Sie blickte sich verzweifelt um. Gab es denn nirgendwo ein Mauseloch, in dem sie sich verkriechen konnte?

Ein Mauseloch gab es leider nicht. Wegrennen war auch keine Lösung, das wäre nur noch peinlicher und außerdem ziemlich kindisch gewesen.
Kim schenkte den ungebetenen Zuschauern stattdessen einfach ein strahlendes Lächeln. »Danke, vielen Dank! Und eine fröhliche Adventszeit.« Dann hakte sie sich bei ihren Freundinnen unter und ging mit ihnen weiter, als wenn nichts gewesen wäre.
»Und da behauptest du immer, du hättest kein Schauspieltalent.« Marie knuffte Kim anerkennend in die Seite. »Das war ein super Auftritt!«
»Ach Quatsch …«, wehrte Kim ab. Sie wusste, dass ihre Stärken auf anderen Gebieten lagen. Als Kopf des Detektivclubs kannte sie sich ziemlich gut mit Computern und Technik aus. Und sie war eine scharfe Beobachterin. Jetzt zum Beispiel hatte sie die Quelle des leckeren Dufts erspäht.
»Neben dem Kinderkarussell gibt es gebrannte Mandeln!«, verkündete sie. »Ich brauche dringend Nervennahrung für unseren No-Jungs-Fall.«
Marie spendierte eine große Tüte für alle und Franzi zog grinsend eine Thermoskanne aus ihrem Rucksack. »Hat zufällig jemand Lust auf *Kakao Spezial*?«
Kim bekam kugelrunde Augen. »Wo hast du den plötzlich her?«
Kakao Spezial mit Vanillearoma war das Lieblingsge-

tränk der drei !!!. Sie gönnten es sich regelmäßig, wenn sie im *Café Lomo* ihre Clubsitzungen abhielten.
Franzi schraubte den Deckel der Thermoskanne ab und füllte ihn bis an den Rand mit dampfendem Kakao.
»Ich hab die Chefin vom *Café Lomo* nach dem Geheimrezept gefragt. Ab heute sind wir unabhängig und können überall und jederzeit unseren *Kakao Spezial* trinken.«
»Genial!«, fand Kim. Genüsslich nahm sie einen Schluck und sah den kleinen Kindern auf den Karussellpferden zu, wie sie unbeschwert lachten. Die hatten es gut, die wussten noch nicht, wie schrecklich Liebeskummer sein konnte. Und sie mussten sich noch nicht mit Englischvokabeln herumquälen.
Marie musterte Kim von der Seite. »Was ist los? Du machst plötzlich ein Gesicht wie drei Tage Regenwetter.«
Kim stöhnte. Dann erzählte sie von dem Stress, den sie mit ihrer Mutter wegen der letzten Englischarbeit hatte. »Mama macht ein Drama draus, weil ich ausnahmsweise eine Drei geschrieben habe.«
»Was?«, rief Franzi empört. »Meine Mutter ist glücklich über jede Drei, die ich nach Hause bringe.«
Kim und Franzi gingen beide an die Georg-Lichtenberg-Gesamtschule. Während Kim in ihrer Klasse zu den besten Schülerinnen zählte, mogelte Franzi sich mehr oder weniger geschickt durch. Es gab nur ein Fach, in dem sie regelmäßig glänzte, und das war Sport.
Marie fand es völlig übertrieben, dass Frau Jülich nun

jeden Tag mit Kim Englischvokabeln pauken wollte.
»Das zieht sie bestimmt nicht durch«, tröstete sie Kim. »Vor Weihnachten organisiert sie doch wieder tausend Wohltätigkeitsveranstaltungen.«
»Hoffentlich hascht du recht«, nuschelte Kim, die den Mund voller gebrannter Mandeln hatte.
»Ich habe immer recht!« Marie zückte lachend ihren Geldbeutel und kaufte Kim zum Trost noch ein Lebkuchenherz.
Der Zuckerguss sah so verführerisch aus, dass Kim das Lebkuchenherz sofort anbeißen musste. Ruck, zuck war die Hälfte weg und Kim war ein bisschen flau im Magen. Stöhnend rieb sie sich den Bauch und murmelte: »Ich glaube, heute lasse ich das Abendessen ausfallen. Sonst passe ich bald nicht mehr in meine Lieblingsjeans.«
Franzi verdrehte die Augen. »Hör auf mit dem Quatsch! Du hast eine super Figur.«
»Danke!«, freute sich Kim und musste über sich selbst lachen. Advent und Weihnachten waren wohl nicht gerade der perfekte Zeitpunkt, um ernsthaft ans Abnehmen zu denken.
Die drei !!! schlenderten gemeinsam weiter und wunderten sich, warum es die Leute auf einmal so eilig hatten und alle gleichzeitig zur Bühne wollten.
»Gibt es dort was umsonst?« Franzi reckte den Hals, um sich einen besseren Überblick zu verschaffen.
»Kann ich mir nicht vorstellen«, sagte Marie. Dann stutzte sie. »Ach, jetzt fällt es mir wieder ein! Der Bür-

germeister wird gleich eine Rede halten. Angeblich will er irgendeine Überraschung verkünden.«
Da trat er auch schon nach vorne ans Mikrofon und die drei !!! mischten sich neugierig unters Publikum.
»Herzlich willkommen auf unserem Weihnachtsmarkt!«, begrüßte der Bürgermeister die zahlreich versammelten Besucher. »Die älteren Menschen unter uns werden sich noch gut erinnern.« Er lächelte, weil er selbst höchstens 40 Jahre alt und gerade erst frisch im Amt war. »Jeder kannte sie damals, die alte Marienfigur aus der Stadtkirche, die angeblich Wunder vollbringen kann. Und es ist tatsächlich ein kleines Wunder, dass die lange verschollene Holzfigur bei Renovierungsarbeiten am Seitenaltar plötzlich wieder aufgetaucht ist. Sie wurde inzwischen aufwendig restauriert. Jetzt bildet sie das Prunkstück unserer Holzkrippe, die damit endlich komplett ist!«
Die Zuschauer klatschten begeistert. Von verschiedenen Seiten hörte man erstaunte »Aaah!«- und »Oooh!«-Rufe. Als sich der Applaus etwas gelegt hatte, zuckte Franzi enttäuscht mit den Schultern. »Ich versteh nicht, warum der Bürgermeister so viel Wirbel um die Sache macht. Ist doch nur eine alte, wurmstichige Holzfigur …« Franzi hatte mit leblosen Dingen noch nie groß etwas anfangen können. Dafür liebte sie Tiere über alles, besonders ihr Pony Tinka und ihr hinkendes Huhn Polly.
Franzi hatte zu Kim und Marie gesprochen, doch bevor ihre Freundinnen etwas erwidern konnten, drehte

sich ein Mann vor ihnen unvermittelt um. Er war etwa Mitte 50, hatte graue, dünne Haare und eine Brille mit runden Gläsern, die auf das untere Ende seiner spitzen Nase gerutscht war.

»Ihr habt keine Ahnung. Die Figur ist von unermesslichem Wert!«, sagte er und schüttelte vorwurfsvoll den Kopf. Dann legte er den Zeigefinger auf die Lippen, um den furchtbar unwissenden Mädchen klarzumachen, dass sie gefälligst leise sein sollten.

Kim ärgerte sich. Was war das denn für ein eingebildeter Typ?

»Den kenne ich«, murmelte Marie. »Irgendwo hab ich ihn schon mal gesehen.« Sie durchstöberte sämtliche Schubfächer ihres Gehirns, kam aber nicht darauf.

Inzwischen redete der Bürgermeister weiter: »Ein besonders großes Lob möchte ich dem Familienunternehmen Gerold aussprechen. Marietta Gerold hat die Marienfigur in liebevoller Kleinarbeit restauriert und anschließend wunderschön vergoldet.«

Eine Frau mit ungewöhnlich hellen, fast weißblonden Haaren drehte sich zu den Zuschauern um und verbeugte sich leicht. Sie stand direkt vor der Bühne in der ersten Reihe und trug ein dunkelgrünes, hochgeschlossenes Kleid, das ihre schlanke Figur vorteilhaft betonte.

»Wir alle wissen diese außerordentliche Leistung zu schätzen«, sagte der Bürgermeister. »Marietta und Iris Gerold haben erst kürzlich das Familienunternehmen von ihrem verstorbenen Vater übernommen. Und es gab großen Zeitdruck. Schließlich musste die Figur rechtzeitig zur Eröffnung des Weihnachtsmarktes fertig werden. Also nochmals vielen, vielen Dank!«

Während die Zuschauer höflich applaudierten, machte Kim einen Schritt nach vorne, um die Restauratorin besser sehen zu können. Da entdeckte sie rechts neben Marietta Gerold noch eine Frau mit auffallend hellen Haaren. Sie war etwas kleiner und trug einen grauen Hosenanzug.

»Das muss Iris Gerold sein«, kombinierte Kim. »Aber was macht die für ein Gesicht? Als ob sie in eine Zitrone gebissen hätte!«

»Vielleicht ist sie eifersüchtig auf ihre Schwester«, vermutete Marie.

Der Mann vor ihnen drehte sich zum zweiten Mal unvermittelt um. »Iris Gerold, die begnadete Holzschnitzerin, eifersüchtig? Wohl kaum. Sie hat im Laufe der letzten Jahre fast alle übrigen Krippenfiguren geschnitzt. Alles Werke von erstaunlicher Präzision, die den beiden Ursprungsfiguren, die ihr verstorbener Vater angefertigt hat, in nichts nachstehen.«

Kim und Franzi tauschten einen genervten Blick. Was wollte dieser Professor Superschlau eigentlich von ihnen?

»Hören Sie …«, fing Kim an und versuchte möglichst höflich zu bleiben. »Wir …«

Weiter kam sie nicht. Marie bekam plötzlich hektische Flecken im Gesicht und rief aufgeregt dazwischen: »Jetzt weiß ich endlich, woher ich Sie kenne!«

»Sie sind Dr. Gustav Bramlage, der bekannte Kunstexperte aus dem Fernsehen, stimmt's?«, sprudelte Marie los. »Mein Vater ist ein Riesenfan von Ihnen und Ihrer Sendung. Er sieht sich *Privatschätze* jede Woche an.«

Im Bruchteil einer Sekunde verwandelte sich Professor Superschlau in Professor Supergeschmeichelt. »Das freut mich. Richte deinem Vater schöne Grüße von mir aus und sag ihm vielen Dank fürs Einschalten.«

»Mach ich.« Marie zögerte einen Augenblick. Dann kramte sie hektisch in ihrer Handtasche und holte Notizblock und Stift heraus. »Könnten Sie vielleicht … würden Sie mir ein Autogramm geben, für meinen Vater?«

Dr. Bramlage lächelte. »Natürlich.« Er beugte sich über den Notizblock und bedeckte eine ganze Seite mit seinem schwungvollen Namenszug. »Ich wünsche euch noch einen schönen Tag! Ihr solltet euch die Marienfigur unbedingt ansehen. Es lohnt sich.« Er verabschiedete sich mit einer knappen Verbeugung und pilgerte mit den anderen Weihnachtsmarktbesuchern hinüber zur Stadtkirche.

Franzi starrte ihm mit gerunzelter Stirn nach. »Kann mich bitte mal jemand aufklären? Was in aller Welt ist *Privatschätze*?«

Kim hatte von der Sendung auch noch nie gehört. Sonst war sie immer die Einzige, die in puncto Fernsehen und

Showbusiness nicht auf dem Laufenden war. Deshalb konnte sie sich ein klitzekleines bisschen Schadenfreude nicht verkneifen, weil es Franzi diesmal genauso ging.

Marie blickte ihre Freundinnen todernst an. »Schämt euch für eure Bildungslücke!« Als Kim und Franzi betroffene Gesichter machten, prustete sie los. »War nur ein kleiner Scherz! Die Sendung ist todlangweilig. Da kommen irgendwelche Leute ins Museum und bringen Sachen mit, die sie zu Hause auf dem Speicher aufgestöbert haben: verstaubte Ölschinken, Zinnteller, Uhren und solchen Kram. Dr. Bramlage und andere Kunstexperten prüfen das Zeug und sagen, ob es wertvoll ist oder bloß billiger Trödel.«

»Ach so«, sagte Franzi. »Und was ist dieser Bramlage für ein Experte? Kennt er sich besonders gut mit Holzwürmern aus?«

Marie kicherte. »So ungefähr. Er ist Leiter der Abteilung Religiöse Kunst in unserem Stadtmuseum.«

Jetzt war alles klar. Für Leute wie Dr. Bramlage musste es fast schon wie eine Gotteslästerung wirken, wenn sich jemand nicht brennend für eine historisch einzigartige Marienfigur interessierte.

»Wisst ihr was, Leute?« Franzis grüne Augen blitzten auf. »Jetzt bin ich doch irgendwie neugierig geworden. Wollen wir mal einen kurzen Blick auf diese sagenhafte Wunderfigur werfen?«

Aus heiterem Himmel fegte ein Windstoß über den Weihnachtsmarkt, gefolgt von ein paar dicken Regentropfen. Plötzlich wurde es richtig ungemütlich.

»Warum nicht?«, meinte Marie.
Kim stülpte die Kapuze ihrer Windjacke über den Kopf. »Geht schon mal vor. Mir tut die frische Luft gerade ganz gut. Mir ist nämlich ein bisschen flau im Magen von dem vielen Süßkram.«
»Du kommst alleine klar?«, fragte Franzi besorgt.
Kim verdrehte die Augen. »Jaahaa! Ich darf auch schon alleine über die Straße gehen, sagt Mama.«
Marie und Franzi mussten lachen und zogen beruhigt ab.
Kim hatte ihnen nicht die volle Wahrheit gesagt. Es waren nicht nur die gebrannten Mandeln und das Lebkuchenherz, die ihr zu schaffen machten. Es kam zurzeit so vieles zusammen: der nervenaufreibende Kleinkrieg mit ihrer Mutter, der Liebeskummer und dann auch noch der ganz normale Weihnachtsstress. Leider gehörte sie zu den Perfektionisten, die besonders liebevolle Weihnachtskarten und viele selbst gemachte Geschenke verteilen wollten. Damit setzte sie sich ziemlich unter Druck.
»Erst mal tief durchatmen!«, sagte Kim zu sich selbst. »Ein, aus, ein, aus!« Nach der kleinen Atemübung, die sie neulich in einer Zeitschrift entdeckt hatte, ging es ihr gleich viel besser. Jetzt war sie bereit, ihre Bildungslücke zu schließen.

Der Innenraum der Stadtkirche war dämmrig und kühl. Dumpf fiel die schwere Tür hinter Marie und Franzi ins Schloss und sie betraten eine andere Welt.

Sie legten ihre Alltagssorgen ab wie einen überflüssigen Mantel. Zögernd gingen sie an den leeren Kirchenbänken vorbei. Je näher sie dem Altarraum kamen, umso heller wurde es. Alles Licht konzentrierte sich auf die Stelle links neben dem Altar, wo in einer großen Glasvitrine die Weihnachtskrippe aufgebaut war. Das Gedrängel der neugierigen Besucher lichtete sich gerade. Eine größere Gruppe verließ bereits wieder die Kirche.
Marie und Franzi traten an die Glasscheibe. Die schlichten Figuren aus Holz waren ungefähr einen Meter groß und wirkten so lebendig, als ob sie jeden Augenblick ihre Lippen öffnen und sprechen würden. Die Hirten, die Heiligen Drei Könige und Maria und Joseph bildeten einen schützenden Kreis um das Jesuskind in der Krippe. Marie wagte kaum zu atmen. Ihr war so feierlich zumute, als wäre sie wirklich dabei, heute und gleichzeitig damals vor über 2000 Jahren in Bethlehem.
Marie vergaß die Zeit. Irgendwann kam Kim dazu, doch Marie konnte den Blick nicht von der wunderschönen Marienfigur wenden. »Die Maria erinnert mich an meine Mutter«, flüsterte sie.
Es gab tatsächlich eine gewisse Ähnlichkeit zu Anne Grevenbroich: das schmale, ovale Gesicht, die langen Haare, die ihr in sanften Wellen über die Schultern fielen. Und das glückliche, zärtliche Lächeln, mit dem sie ihr Kind betrachtete.
Kim strich Marie über den Rücken. »Du hast recht. Deine Mutter war genauso schön.«
»Vermisst du sie?«, fragte Franzi leise.

»Ja, sehr«, gestand Marie. »Besonders jetzt in der Adventszeit. Ich kann mich zwar nicht mehr an Weihnachtsfeste mit meiner Mutter erinnern, ich war ja erst zwei Jahre alt, als sie bei diesem Autounfall starb, aber ich sehne mich so danach, mit ihr und meinem Vater vor dem Christbaum zu stehen und Lieder zu singen.« Marie lächelte, während zwei Tränen über ihre Wangen rollten.

Kim nahm Maries Hand und drückte sie. »Ich weiß, das ist nur ein schwacher Trost, aber ich glaube, deine Mutter wird an Weihnachten bei dir sein. Wenn du ganz fest an sie denkst, wird sie das spüren.«

»Ja, vielleicht.« Maries Stimme klang zittrig, aber sie erwiderte Kims Händedruck.

»Außerdem bist du nicht allein, du hast uns, deine besten Freundinnen«, sagte Franzi.

Marie wischte schnell die Tränen weg. »Danke! Ihr seid so lieb. Ich wüsste nicht, was ich ohne euch machen würde.«

Plötzlich räusperte sich neben ihnen eine alte Frau. Sie trug einen schwarzen Mantel, der sich über ihrem gebeugten Rücken wölbte, und wirkte sehr traurig. »Ich kenne die Marienfigur von früher. Sie kann Wunder bewirken! Damals sind die Menschen von weit her in diese Kirche gepilgert. Sie kamen sogar aus dem Ausland, nur um die Maria zu sehen und zu berühren.«

Ein Hoffnungsschimmer stahl sich in Maries Herz. Für einen winzigen Augenblick stellte sie sich vor, dass sie die Marienfigur berühren und damit ihre Mutter wieder lebendig machen könnte. Der Hoffnungsschimmer verblasste so rasch, wie er aufgeleuchtet hatte. Anne Grevenbroich war tot und kein noch so großes Wunder konnte das rückgängig machen.

»Glauben Sie, dass die Marienfigur auch heute noch Wunder bewirken kann?«, fragte Kim.

Die alte Frau hob müde den Kopf. Ihr runzliges Gesicht erzählte von einem harten, arbeitsreichen Leben, aber in ihren Augen leuchtete immer noch ein starkes Feuer. »Früher war ich mir sicher, aber heute weiß ich es, ehrlich gesagt, nicht mehr.«

»Ich hab da auch so meine Zweifel«, sagte Franzi. »Bei solchen Geschichten ist doch immer viel Aberglauben dabei.« Bei dem Gespräch über Tod und Trauer war ihr mulmig geworden und sie hatte das dringende Bedürfnis, sich wieder mit ganz normalen Alltagsdingen zu beschäftigen.

Die alte Frau verabschiedete sich und Franzi trat näher an die Weihnachtskrippe heran. »Interessante Konstruktion übrigens. Das muss Plexiglas sein oder so was Ähnliches.« Franzi streckte die Hand aus.

»Tu's nicht!«, warnte Kim. »Da steht extra ein Schild: ›Bitte nicht berühren!‹«

Die Warnung kam eine Sekunde zu spät. Franzi hatte bereits vorsichtig an die Glasscheibe geklopft. Sofort zuckte ihr Finger zurück. Die feierliche Stille in der Kirche wurde von einer ohrenbetäubenden Sirene unterbrochen.

Der Alarm jaulte in Franzis Ohren. Die anderen Besucher warfen ihr vorwurfsvolle Blicke zu und Franzi merkte, wie ihr die Röte ins Gesicht stieg. Der Pfarrer, ein älterer, ziemlich beleibter Mann, kam mit wehendem Talar auf sie zu.
»Was soll das?«, schimpfte er. »Was hast du mit der Marienfigur gemacht?« Er überprüfte schnell den Inhalt der Vitrine, um sicherzugehen, dass nichts gestohlen worden und die wertvolle Maria unbeschädigt war.
»Gar nichts!«, verteidigte sich Franzi. »Ich wollte mir nur die Vitrine etwas näher ansehen.«
Der Pfarrer eilte zu einem kleinen Raum hinter dem Altar und stellte den Alarm ab. Dann kam er zurück und musterte Franzi streng. »Kannst du nicht lesen?« Er zeigte auf das Warnschild ›Bitte nicht berühren!‹.
»Tut mir leid«, murmelte Franzi betreten. »Das muss ich wohl übersehen haben.« Die Situation war ihr furchtbar peinlich. Sie kam sich vor wie ein Schwerverbrecher.
»Es ist ja nichts weiter passiert«, beschwichtigte Kim.
»Abgesehen davon, dass ich fast einen Herzinfarkt bekommen habe.« Der Pfarrer seufzte und fuhr sich durch seine grauen, lockigen Haare.
»Wenigstens wissen Sie jetzt, dass die Alarmanlage einwandfrei funktioniert«, scherzte Marie, doch der Pfarrer konnte nicht so richtig darüber lachen.

»Das nächste Mal passt du bitte besser auf, hörst du?«, ermahnte er Franzi.
»Klar!« Franzi nickte betreten.
Die Leute in der Kirche schüttelten missbilligend die Köpfe. Die drei !!! spürten förmlich ihre Blicke im Rücken, bis sie die Kirche verlassen hatten.

Am nächsten Nachmittag bummelten die Detektivinnen über den Weihnachtsmarkt, um erste Geschenke zu kaufen.
»Wie süß!« Franzi blieb vor einem Stand mit Naturkosmetik-Produkten stehen und zeigte auf ein Stück Seife, das wie ein Pony aussah. »Es erinnert mich irgendwie an Tinka.«
Marie schnupperte an einer Seife in Form einer Rosenblüte. »Hmm, die riecht himmlisch!«
»Schade, dass die Seifen so teuer sind.« Franzi zeigte auf das kleine Preisschild neben dem Pony und zuckte mit den Schultern. »Egal, man kann eben nicht alles haben. Was haltet ihr von einem Glas Früchtepunsch, bevor wir weiterbummeln?«
Marie nickte. »Ich bin dabei.«
»Geht schon mal vor, ich komme gleich nach«, sagte Kim. »Ich … hole uns nur schnell eine Tüte gebrannte Mandeln. Die schmecken bestimmt prima zum Punsch.«
Kim wartete, bis Franzi und Marie lachend und schwatzend in Richtung Glühweinstand verschwunden waren. Dann zückte sie ihr Portemonnaie und kaufte rasch die beiden Seifenstücke. Zufrieden steckte sie die in Sei-

denpapier gewickelten Päckchen in ihre Umhängetasche. Jetzt hatte sie die perfekten Weihnachtsgeschenke für ihre Freundinnen. Wer hätte gedacht, dass sie so schnell etwas finden würde?
Schnell besorgte Kim noch die gebrannten Mandeln und schlenderte zum Glühweinstand, wo Franzi und Marie sie bereits ungeduldig mit drei Bechern dampfendem Früchtepunsch an einem Stehtisch erwarteten.
»Lecker!« Kim roch an ihrem Punsch, der herrlich nach Zimt und Äpfeln duftete. Sie nahm einen Schluck und reichte die Tüte mit den gebrannten Mandeln herum.
»Seht mal, dort drüben!« Franzi, die sich gerade ein paar Mandeln in den Mund steckte, zeigte unauffällig auf zwei Frauen an einem Stehtisch in der Nähe.
»Das sind doch die Gerold-Schwestern!«, stellte Kim überrascht fest. Marie nickte. Sie hatte die hellblonden Schwestern ebenfalls erkannt. »Vielleicht feiern sie die erfolgreiche Fertigstellung der Weihnachtskrippe.«
Franzi runzelte die Stirn. »Besonders fröhlich sehen Iris und Marietta aber nicht aus. Eher so, als würden sie sich streiten.«
Kim reckte den Hals, um die Schwestern besser sehen zu können. Tatsächlich! Iris, die Kleinere der beiden, schien noch schlechtere Laune zu haben als gestern. Links und rechts neben ihrem Mund hatten sich zwei tiefe Falten eingegraben und ihre Augen blitzten ärgerlich, während sie auf Marietta einredete. Kim bekam nur einzelne Wortfetzen mit: »Der Pfarrer, dieser Schar-

latan … unmöglicher Mensch …« Dann konnte Kim einen vollständigen Satz verstehen: »Mit der Kirche will ich nichts mehr zu tun haben!«

Die laute Musik vom Kinderkarussell nebenan verstummte für einen Moment, sodass Mariettas Antwort deutlich zu hören war: »Das ist doch Unsinn!«, sagte sie. »Aber du musst ja nicht mehr hingehen, wenn du nicht willst. Ich werde …«

Die nächste Karussellfahrt begann und der restliche Satz ging in den Klängen von *Lasst uns froh und munter sein* unter.

Franzi nahm nachdenklich einen Schluck von ihrem Früchtepunsch. »Die Schwestern scheinen sich ja nicht besonders gut zu verstehen.«

»Allerdings.« Kim griff in die Mandeltüte. »Worum es bei dem Streit wohl ging?«

Marie trank ihren Punsch aus und stellte den Becher weg. »Ehrlich gesagt ist es mir ziemlich egal, worüber sich die Gerold-Schwestern streiten. Ich will jetzt shoppen!«

Kurze Zeit später schlenderten die drei !!! wieder zwischen den Buden entlang. Franzi entdeckte eine Kette mit einer silbernen Schneeflocke als Anhänger, die sie als Weihnachtsgeschenk für ihre Schwester Chrissie kaufte, und Marie besorgte eine Duftkerze für ihre Tante Florentine.

Kim blieb vor einer Bude links neben der Kirche stehen, die sie bereits vom letzten Jahr kannte. ›Daniel Konradis Christbaumschmuck‹ stand auf dem am Giebel angebrachten Holzschild.

»Wie hübsch!« Kim betrachtete die kunstvoll gefertigten Strohsterne, die von der Decke hingen und sich leicht im Luftzug drehten. »Wäre das nicht genau die richtige Weihnachtsdeko für unser Hauptquartier?«
»Super Idee!« Marie zog einen Geldschein hervor. »Wir nehmen zehn von den Strohsternen.«
»Zehn Strohsterne? Kommt sofort!« Der Verkäufer nahm eine kleine Schachtel aus dem Regal hinter sich. Er war noch ziemlich jung und Kim prägte sich automatisch seine Personenbeschreibung ein: männlich, circa 17 Jahre, schlaksiger Typ, braune, strubbelige Haare, braune Augen, sympathisches Lächeln, süße Grübchen …
Moment mal! Kim strich die letzten beiden Punkte schnell wieder von der Liste in ihrem Kopf. So etwas gehörte nun wirklich nicht in eine professionelle Personenbeschreibung!
Marie schien inzwischen auch bemerkt zu haben, dass ein potenzielles Flirtopfer vor ihr stand. Sofort erschien ein strahlendes Lächeln auf ihrem Gesicht und sie warf schwungvoll die Haare zurück.
»Die Strohsterne sind wirklich wunderschön!«, schwärmte sie. »Sind die selbst gemacht?«
Der Junge nickte, während er die Schachtel in eine Tüte steckte. »Alles Handarbeit. Wir arbeiten mit einem Waisenhaus zusammen. Die Kinder mit ihren kleinen Fingern kommen einfach besser mit den empfindlichen Strohhalmen zurecht.«
Marie sah den Jungen entsetzt an. »Ist das dein Ernst?«

Der Junge grinste von einem Ohr zum anderen. »Natürlich nicht, war nur ein Scherz! Mein Vater macht die Strohsterne.«
»Ach so«, sagte Marie etwas beleidigt.
In diesem Moment betrat Daniel Konradi, ein freundlich aussehender Mann mit Halbglatze, durch die Hintertür den Stand. »Na, Jona, alles klar?«, fragte er.
»Alles bestens, Papa.« Jona nickte seinem Vater zu. »Bin gerade dabei, einen Großauftrag abzuwickeln.« Er reichte Marie die Schachtel und nahm den Geldschein entgegen. »Hey, du bist doch jetzt nicht etwa sauer, oder?« Er sah Marie zerknirscht an. »Was hältst du davon, wenn ich dich auf eine heiße Waffel mit Kirschen einlade? Als kleine Entschädigung für den schlechten Witz?«
Marie zögerte. »Warum eigentlich nicht …«, begann sie, als Franzi ihr heftig auf den Fuß trat und zischte: »Vergiss nicht – no Jungs!«
Marie seufzte und warf Jona einen entschuldigenden Blick zu. »Sorry, aber ich fürchte, vor Weihnachten hab ich keine Zeit mehr.«
»Schade«, sagte Jona bedauernd. Plötzlich wurde er blass, rieb sich die Stirn und stöhnte. Er schien starke Schmerzen zu haben.
Marie sah ihn besorgt an. »Was ist los mit dir?«

Jona versuchte zu lächeln, doch es sah eher wie eine Grimasse aus. »Nichts, gar nichts ist los! Mir geht's gut«, behauptete er. Er war ein schlechter Lügner.
Als er die zweifelnden Blicke der drei !!! sah, rückte er endlich mit der Wahrheit heraus: »Ich hab Kopfschmerzen. Die sind leider besonders fies und überfallen mich manchmal plötzlich. Aber sie gehen auch wieder weg. Spätestens wenn wir hier am 24. Dezember unseren Stand abbauen.«
Kim nickte mitfühlend. Anscheinend war sie nicht die Einzige, die unter Vorweihnachtsstress litt. »Können wir irgendwas für dich tun?«, bot sie an. »Sollen wir dir vielleicht einen Kräutertee mit Honig vom Glühweinstand bringen?«
Jona schüttelte den Kopf. »Lieb von euch, aber das ist nicht nötig.« Er sortierte geschäftig ein paar Schachteln mit Strohsternen und verzog wieder das Gesicht vor Schmerz.
Daniel Konradi legte ihm die Hand auf die Schulter. »Du solltest besser nach Hause gehen. Ich schaff das hier schon alleine. Und nächste Woche gehen wir endlich zum Arzt.«
»Meinst du wirklich?«, protestierte Jona schwach. Dann seufzte er, legte die Schachteln weg und schlüpfte in seinen Anorak.
Marie hätte Jona am liebsten kurz durch die braunen

Haare gewuschelt und ihm ein Küsschen auf die Wange gegeben. Stattdessen musste sie sich auf ein höfliches »Gute Besserung!« beschränken. Langsam ging ihr der No-Jungs-Fall gehörig auf die Nerven.

»Puh, war das anstrengend!« Kim ließ zu Hause im Flur die vollen Einkaufstüten auf den Boden plumpsen. Der Bummel auf dem Weihnachtsmarkt war ein voller Erfolg gewesen. Sie hatte nicht nur für Marie und Franzi, sondern auch noch für ihre Mutter und ihren Vater tolle Geschenke gefunden. Jetzt fühlte sie sich allerdings wie nach einem Power-Workout im Fitnessstudio.
»Kim!« Ben und Lukas rissen die Flurtür auf und umzingelten ihre Schwester. »Wir sind Engel, wir sind Engel, stell dir vor!«
Kim warf einen Blick auf ihre Zwillingsbrüder. In Bens Jeans klaffte am Knie ein faustgroßes Loch und Lukas hatte sich Ketchup in die Haare geschmiert. »Tut mir leid, aber das kann ich mir nicht mal im Traum vorstellen. Ihr seid keine Engel, ihr seid Bengel!«
Lukas streckte Kim die Zunge heraus. »Ätsch, bätsch, wir sind doch Engel. Frau Seitz hat es gesagt. Wir dürfen beim Krippenspiel die Engel spielen.«
Jetzt fiel es Kim wieder ein. Ihre Brüder hatten neulich erzählt, dass sie am vierten Advent beim Krippenspiel in der Stadtkirche mitmachen wollten. Frau Seitz, die diesjährige Krippenspielleiterin, organisierte die Vorführung zum ersten Mal. Die Arme würde ihre Entscheidung noch bitter bereuen.

»Komm mit, wir müssen dir was zeigen!« Ben zog Kim am Ärmel und lotste sie hinüber ins Wohnzimmer. Er griff nach einem Stapel DIN-A4-Blätter, der auf dem Couchtisch lag, und wedelte damit triumphierend vor Kims Nase herum. »Hier ist der Beweis!«
Kim schnappte sich die Blätter und überflog den Text. Tatsächlich hatte Frau Seitz oben rechts ›Ben und Lukas‹ draufgeschrieben und die Textstellen des ersten und zweiten Engels mit verschiedenfarbigen Markern dick angestrichen. Offenbar hatten die Engel in dieser Version des Krippenspiels ziemlich tragende Rollen.
»Ist euch eigentlich klar, wie viel Text das ist?«, fragte Kim spöttisch. »Da müsst ihr richtig pauken. Ob das wohl klappt bei zwei Gehirnen voller Löcher?«
»Planschkuh, Planschkuh!«, riefen Ben und Lukas im Chor.
Kim hasste dieses Schimpfwort, blieb aber nach außen hin die Ruhe selbst.
»Kennst du den schon?«, fragte Lukas aufgekratzt. »Treffen sich zwei Blondinen …«
»Stopp!«, rief Kim und schon war es vorbei mit ihrer Gelassenheit.
Die Zwillinge hatten von ihrer Patentante ein Witzebuch geschenkt bekommen und nervten die Familie seit Tagen mit ihren dummen Weihnachtswitzen. Auch heute waren sie nicht zu bremsen.
Munter plapperte Lukas weiter: »Sagt die eine Blondine: ›Dieses Jahr ist Weihnachten an einem Frei-

tag.‹ Sagt die andere: ›Hoffentlich nicht an einem 13ten!‹«
Die Zwillinge lachten sich schlapp.
»Danke, es reicht!«, sagte Frau Jülich, die mit einem Staubtuch ins Wohnzimmer kam. »Es sei denn, ihr wollt mir beim Staubwischen helfen.«
Die Ankündigung wirkte Wunder. Wie der Blitz waren Ben und Lukas weg. Man hörte ihr Getrampel auf der Treppe und kurz darauf ihre Zimmertür zuschlagen. Dann war Ruhe.
Frau Jülich ließ einen Stoßseufzer los. »Manchmal bringen sie mich zum Wahnsinn!« Sie drehte sich zu Kim um und lächelte bereits wieder. »Gut, dass wir allein sind. Ich hab nämlich noch eine Überraschung für dich!«
Kim schluckte. Der geheimnisvolle Zug um die Mundwinkel ihrer Mutter bedeutete nichts Gutes. Das letzte Mal hatte sie so gelächelt, als sie in der Fastenzeit verkündet hatte, bis Ostern werde sie keine Schokolade mehr einkaufen.
Frau Jülich schien es auch noch zu genießen, Kim zappeln zu lassen. Endlich holte sie tief Luft und sagte: »Ich habe eine wunderbare Möglichkeit gefunden, wie wir deine Englischnote bis Weihnachten verbessern können! Es gibt da dieses Austauschprogramm und die konnten mir kurzfristig helfen. Sie heißt Mandy, ist 13 Jahre alt, kommt aus San Francisco und wird den Dezember über als Austauschschülerin bei uns wohnen. Na, was sagst du dazu?« Frau Jülich wartete

freudestrahlend darauf, dass Kim ihr um den Hals fiel.

Kim starrte auf den neuen Adventskranz, den ihre Mutter geduldig geschmückt hatte, nachdem sie den ramponierten ersten Kranz weggeworfen hatte. Auf einmal juckte es Kim in den Fingern. Am liebsten hätte sie den Adventskranz als Punchingball benutzt und mit beiden Fäusten auf ihn eingeboxt. Vielleicht würde sie das später nachholen. Fürs Erste begnügte sie sich damit, ihrer Mutter einen bitterbösen Blick zuzuwerfen.

»Du freust dich gar nicht?« Frau Jülich zog erstaunt beide Augenbrauen hoch. »Das wird sich bald ändern, du wirst sehen. Morgen Nachmittag holen wir Mandy vom Flughafen ab und ihr werdet euch ganz schnell anfreunden.«

»*Morgen*?«, wiederholte Kim und hoffte, dass sie sich verhört hatte.

Ihre Mutter nickte fröhlich. »Dann könnt ihr gleich mit euren englischen Konversationsstunden anfangen. Mandy freut sich schon sehr darauf, täglich ein Stündchen Englisch mit dir zu plaudern.«

Kim war kurz davor, doch noch auf den Adventskranz einzuboxen. Mandy freute sich also. Sie wusste wahrscheinlich schon seit Tagen Bescheid und packte jetzt gerade seelenruhig ihre Sachen. Während ihre eigene Mutter es nicht mal für nötig befunden hatte, sie über ihre tolle Entscheidung zu informieren. Kim fasste einen Entschluss: Sie würde morgen auf der Hinfahrt zum Flughafen absichtlich schlechte Laune verbreiten. Das hatte ihre Mutter dann davon!

»... leider auf der Autobahn immer wieder zähfließender bis stockender Verkehr. Wir wünschen trotzdem gute Fahrt!« Nach der Verkehrsmeldung dudelte *Morgen, Kinder, wird's was geben* aus dem Autoradio der Familie Jülich.

Eigentlich kein Wunder, dachte Kim. Nur Verrückte wagten sich am Nachmittag des ersten Adventssamstags auf die Straßen.

Frau Jülich sah nervös auf ihre Armbanduhr. »Hoffentlich schaffen wir es noch rechtzeitig zum Flughafen!«

»Das hoffe ich auch«, sagte Herr Jülich, der am Steuer saß und aufs Lenkrad trommelte.

Kim musste ihren Vorsatz knicken, schlechte Laune zu verbreiten. Zufrieden kuschelte sie sich ins Polster. Sie hatte die ganze Rückbank für sich, weil die Zwillinge Fußballtraining hatten und deshalb nicht mitkommen konnten. Und *sie* hatte es im Gegensatz zu ihren Eltern überhaupt nicht eilig. Wenn sie sich sehr verspäteten, buchte Mandy vielleicht gleich wieder den Rückflug und düste ab nach San Francisco.

Leider ging Kims Wunsch nicht in Erfüllung. Eine Viertelstunde später lockerte sich der Verkehr plötzlich auf und Herr Jülich gab Gas. Bald tauchte das lang gestreckte Flughafengebäude vor ihnen auf. Herr Jülich stellte das Auto im Parkhaus ab, sie liefen im Eilschritt zur Ankunftshalle und trafen genau in dem Moment

am Gate ein, als die ersten Passagiere durch die Absperrung kamen.
Ein Mädchen hielt sich ein Pappschild vor den Bauch, auf dem in Großbuchstaben ›MANDY‹ stand.
»Oh nein!«, stöhnte Kim.

Welcome to Germany, Mandy!

Mandy war Kim auf Anhieb unsympathisch. Sie sah aus, als wäre sie in einen Farbtopf gefallen: kohlrabenschwarz getuschte Wimpern, grellrosa Lippenstift und dazu passender Lidschatten. Ihre wahre Gesichtsfarbe war nicht zu erkennen, weil ihre Haut dick mit Make-up zugekleistert war. Sie hatte blond gefärbte Haare, war einen halben Kopf kleiner als Kim, etwas pummelig und trug einen ultrakurzen Jeans-Minirock mit pinkfarbenen Leggins und silbernen Sneakers. Auch ihr knapp sitzender Anorak leuchtete pink. Kim seufzte. Na, das konnte ja heiter werden!

Zur Begrüßung fiel Mandy Kim gleich um den Hals. »*Hello Kim, nice to meet you!*«, trällerte sie, den Mund zu einem Dauergrinsen verzogen. Ihre Zähne waren makellos und strahlend weiß. Kim hielt die Luft an, weil ihr von Mandys aufdringlichem Parfum beinahe schlecht wurde.

»Hallo Mandy, herzlich willkommen in Deutschland«, begrüßte Frau Jülich die Austauschschülerin freundlich.

»Wir hoffen, dass du dich bei uns wohlfühlst«, fügte Kims Vater hinzu.

Mandy nickte heftig. »Ganz bestimmt«, sagte sie mit einem starken amerikanischen Akzent. »*I love Germany!*« Sie legte den Arm um Kim. »Und wir beide werden bald *very best friends!*«

Kim verdrehte die Augen. Eins war sicher: Mit diesem grell geschminkten Girlie würde sie sich nie im Leben anfreunden!

Eine Stunde später hatte sich Familie Jülich um den adventlich gedeckten Kaffeetisch im Wohnzimmer versammelt. Mandy betrachtete mit schwärmerischem Blick den Adventskranz, die Porzellanengel auf dem Tisch und die flackernden Kerzen auf der Fensterbank. »Weihnachten in Deutschland ist viel stimmungsvoller als in Amerika«, stellte sie begeistert fest. »*Oh, I love Germany!*«

Das hatte Mandy seit ihrer Ankunft schon mindestens fünf Mal gesagt und Kim schaffte es nur mit großer Mühe, einen spitzen Kommentar zurückzuhalten. Die Zwillinge, die inzwischen vom Fußballtraining zurück waren, luden sich ihre Teller mit Dominosteinen, Lebkuchen und Weihnachtsstollen voll.

Ben stopfte sich zwei Dominosteine auf einmal in den Mund und nuschelte: »Kennst du den schon, Mandy?«

»Oh nein!«, stöhnte Kim. »Nicht schon wieder ein Weihnachtswitz!«

Aber Ben beachtete seine Schwester gar nicht, sondern plapperte einfach weiter: »Sagt die Oma zur Enkelin: ›Du darfst dir zu Weihnachten ein schönes Buch wünschen.‹ Antwortet die Enkelin: ›Fein, dann hätte ich gerne dein Sparbuch.‹«

Erst machte Mandy ein ratloses Gesicht, weil sie das Wort ›Sparbuch‹ nicht kannte. Doch nachdem Frau Jülich es ihr erklärt hatte, prustete sie los. »*That's very, very funny!*« Mandy wischte sich keuchend eine Lachträne aus dem Augenwinkel. »Ihr seid zwei echte Spaßvögel, was?«

»Und ob!« Ben grinste zufrieden.

Da schlug sich Mandy mit der flachen Hand gegen die Stirn. »Fast hätte ich es vergessen!«, rief sie. »Ich hab euch doch etwas mitgebracht.« Sie holte vier Päckchen aus ihrer Handtasche, die über der Stuhllehne hing, und verteilte sie an die Jülichs.

Die Zwillinge rissen ihre Geschenke sofort auf. »Wow!«, rief Lukas begeistert, als er ein schwarzes Basecap herauszog, auf dem sich zwei ineinander verschlungene, orangefarbene Buchstaben befanden: ›SF‹.

»Klasse!« Ben hatte das gleiche Basecap bekommen.

»Das sind die Original-Basecaps der *San Francisco Giants*, unserer Baseballmannschaft«, erklärte Mandy.

»Cool, danke!«, riefen die Zwillinge und setzten die Caps sofort auf. Mit diesem Geschenk hatte Mandy ihr Herz offenbar endgültig gewonnen.

Kims Eltern hatten einen Bildband über San Francisco bekommen und bedankten sich ebenfalls. Nun waren alle Augen auf Kim gerichtet. Lustlos packte sie ihr Geschenk aus – und erstarrte. Es war ein Schminkset, in dem sich Lidschatten in sämtlichen Pinktönen befand. Die Farbpalette reichte von Schweinchenrosa bis Neonpink. Nicht einmal Marie, die sich gerne auch mal etwas auffälliger schminkte, würde so grelle Farben benutzen. Das war einfach nur geschmacklos!

»Und?«, fragte Mandy erwartungsvoll. »Gefällt's dir?«
Kim hätte Mandy das Teil am liebsten vor die Füße gepfeffert. Doch als sie den warnenden Blick ihrer Mutter auffing, rang sie sich ein Lächeln ab und sagte höflich: »Nett von dir, danke.«
Frau Jülich nickte zufrieden. »Was haltet ihr von einem Spieleabend nach dem Essen?«, schlug sie vor. »Mit der ganzen Familie! Das haben wir lange nicht mehr gemacht.«
»Super!«, riefen die Zwillinge. Auch Mandy nickte begeistert.
Nur Kim konnte sich nichts Schlimmeres vorstellen. Sie brauchte dringend eine Pause von der Familienidylle und von Mandy. »Ohne mich«, sagte sie schnell. »Ich bin leider schon verabredet, dringende Clubsitzung.« Sie zuckte in gespieltem Bedauern die Schultern. Dass sie die dringende Clubsitzung erst noch einberufen musste, wusste nur sie allein.

Pünktlich um acht Uhr betrat Kim das Hauptquartier. Es befand sich in dem alten Pferdeschuppen neben Franzis Haus, den die drei !!! zu einem gemütlichen Büro- und Besprechungsraum umfunktioniert hatten. Franzi war schon da. Sie hatte mehrere Kerzen angezündet, die den kleinen Raum in flackerndes Licht tauchten.
»Hey, du hast ja die Strohsterne aufgehängt!«, rief Kim statt einer Begrüßung. »Sieht super aus!«
»Danke – ich hab selbst auch noch ein paar gebastelt.«

Franzi zeigte stolz zum Fenster, das über und über mit Strohsternen dekoriert war. Ein mit getrockneten Orangenscheiben garnierter Adventskranz und eine Lichterkette über der Tür vervollständigten die Weihnachtsdeko.
»Es ist richtig gemütlich bei uns.« Seufzend ließ sich Kim auf einem Stuhl nieder und griff in die Schale mit Weihnachtsgebäck, die Franzi neben dem Adventskranz auf den Tisch gestellt hatte. Sie fischte einen Zimtstern heraus und steckte ihn sich in den Mund. »Du glaubst nicht, was heute bei mir zu Hause los war …«
Als sie gerade von Mandy erzählen wollte, wurde die Tür aufgerissen und Marie stürmte herein, wie üblich zu spät. »Hallo, Mädels!«, rief sie aufgekratzt. »Ratet mal, von wem ich letzte Nacht geträumt habe! Von dem supersüßen …«
»Stopp!«, riefen Kim und Franzi gleichzeitig.
»Weißt du nicht mehr? No Jungs!«, erinnerte Kim ihre Freundin. »Wir dürfen keine Jungs erwähnen.«
Marie plumpste stöhnend auf einen Stuhl. »Nicht mal, wenn man von ihnen geträumt hat?« Kim und Franzi schüttelten die Köpfe. »Verflixt!« Marie runzelte die Stirn. »Dieser No-Jungs-Fall ist viel schwerer, als ich dachte. Wollen wir das wirklich bis Weihnachten durchziehen?«
»Natürlich!« Franzi nickte heftig. »Die drei !!! haben bisher noch jeden Fall erfolgreich gelöst – und das soll auch so bleiben!«
»Genau, wir geben nicht auf«, stimmte Kim zu.

»Na gut.« Marie seufzte. »Dann machen wir eben weiter.«
Plötzlich hatte Kim eine Idee. »Was haltet ihr davon, wenn jede, die sich verplappert, etwas in die Clubkasse einzahlen muss? Sobald der No-Jungs-Fall abgeschlossen ist, können wir etwas Schönes mit dem gesammelten Geld unternehmen.«
Franzi und Marie waren einverstanden. Während sie sich ausmalten, wofür sie das Geld alles verwenden könnten, verging die Zeit wie im Flug. Schließlich sagte Franzi: »Aber wir sollten auch mal wieder einen richtigen Fall an Land ziehen.«
Die drei !!! hatten schon jede Menge knifflige Fälle gelöst, allerdings kam es immer mal wieder vor, dass der Detektivclub zwischenzeitlich arbeitslos war.
»Leider ist gerade nichts in Sicht«, stellte Marie bedauernd fest.
»Wir könnten die Zeit doch sinnvoll nutzen und unsere detektivischen Fähigkeiten trainieren«, schlug Kim vor. »Was muss man zum Beispiel bei Beschattungen im Winter beachten? Bei Glatteis und Kälte stellen sich ganz andere Probleme als im Sommer.«
Franzi verzog das Gesicht. »Muss das sein? Ich hätte mehr Lust auf Wintersport. Bald eröffnet die Eislaufbahn in der Fußgängerzone, da könnten wir endlich wieder Schlittschuh laufen.«
»Wartet, ich schau gleich mal nach, wann die Eislaufbahn aufmacht.« Marie fuhr den clubeigenen Laptop hoch und ging ins Internet. Sie öffnete die Informa-

tionsseite der Stadt und wurde blass. »Vergesst die Detektivfortbildung und den Wintersport«, sagte sie mit vor Aufregung heiserer Stimme. »Wir haben einen neuen Fall!«

Im Morgengrauen am Tatort

Kim verschluckte sich vor lauter Schreck an ihrem zweiten Zimtstern und musste fürchterlich husten.
Franzi klopfte ihr auf den Rücken. »Na, geht's wieder?«
»Ja, k…klar«, räusperte sich Kim. Dann fragte sie ungeduldig: »Was hast du entdeckt, Marie? Ist beim Präparieren der Eislaufbahn was passiert? Sieht es nach Sabotage aus?«
Marie strich sich eine Haarsträhne hinters Ohr. »Unser neuer Fall hat nichts mit der Eislaufbahn zu tun. Es geht um was ganz anderes. Wartet, ich lese euch die Meldung vor.«

Wertvolle Marienfigur gestohlen! –
Brandaktuelle Polizeiinfo
Wie unserer Onlineredaktion soeben mitgeteilt wurde, gab es heute kurz nach 21 Uhr einen Diebstahl in der Stadtkirche. Die erst kürzlich aufwendig restaurierte Marienfigur wurde gestohlen. Trotz Alarmanlage gelang es dem Dieb, die Figur zu entwenden. Der bis jetzt noch unbekannte Täter ist flüchtig. Die Polizei sucht Zeugen, die sich heute Abend zwischen 20 und 21 Uhr in der Stadtkirche oder in der Nähe auf dem Weihnachtsmarkt aufgehalten und etwas Verdächtiges beobachtet haben.
Sachdienliche Hinweise bitte an die Polizeiinspektion 3 oder an jede andere Polizeidienststelle.

»Jetzt bin ich echt platt!«, sagte Franzi. »Da ist mir diese Marienfigur gerade ans Herz gewachsen und schon wird sie geklaut.«
»Wer macht denn so was?« Kim sah Marie bestürzt an. Marie antwortete nicht. Stumm starrte sie ins helle Licht einer Kerze, die vor ihr auf dem Tisch stand. Kim ahnte, dass Marie gerade wieder an ihre Mutter dachte. Für sie musste die Neuigkeit besonders schmerzhaft sein. Der Dieb hatte nicht nur die Stadtkirche beklaut, er hatte, ohne es zu wissen, Marie eine kostbare Erinnerung weggenommen.
»Alles in Ordnung mit dir?« Kim sprach leise, um ihre Freundin nicht zu erschrecken.
Marie kehrte zurück in die Gegenwart. »Natürlich, alles okay. Ich hab keine Ahnung, wer der Täter sein könnte. Aber das werden wir herausfinden, das schwör ich euch.« Sie sprang auf und griff nach ihrer Jacke. »Kommt! Lasst uns gleich zum Tatort fahren, solange die Spuren noch frisch sind.«
Kim schüttelte bedauernd den Kopf. »Das geht leider nicht. Es ist jetzt schon wahnsinnig spät. Ich muss nach Hause, sonst rastet meine Mutter völlig aus.« Im Geiste stellte sie sich äußerst lebhaft vor, was das bedeuten würde: Frau Jülich würde eine Vermisstenanzeige bei der Polizei aufgeben und ihre Tochter in einer Großfahndung mit Polizeiautos, Motorrädern, Helikoptern und der Hundestaffel suchen lassen.
»Dann treffen wir uns aber morgen Punkt acht Uhr vor der Stadtkirche«, schlug Marie vor.

Franzi riss entsetzt die Augen auf. »Am Sonntag um acht? Da muss ich ja um halb sieben aufstehen!«
»Das ist korrekt«, sagte Marie ungerührt. »Sei froh, dass Wochenende ist. Da können wir den ganzen Tag ermitteln. Es gibt nun mal Zeiten, in denen Detektivinnen Opfer bringen müssen.«
Kim stand rasch auf und nickte. »Marie hat recht. Die Polizei hat leider sowieso schon einen Vorsprung. Den müssen wir morgen früh aufholen.«
Damit war Franzi überstimmt.

»Stopp, hier muss ich raus!« Kim schreckte aus ihrem Dämmerschlaf hoch, als der Bus über das Kopfsteinpflaster des Marktplatzes rumpelte.
Der Busfahrer trat abrupt auf die Bremse und grummelte: »Das nächste Mal drückst du aber früher auf den roten Knopf.«
»Mach ich«, versprach Kim. Die hintere Tür ging zischend auf, Kim sprang hinunter in die Dunkelheit und wurde sofort von einer feuchtkalten Nebelwolke eingehüllt.
Ausgerechnet jetzt hatte der Winter beschlossen, doch noch vorbeizuschauen. In der letzten Nacht war das Thermometer auf fünf Grad abgestürzt, die sich wie minus fünf Grad anfühlten. Kim wickelte ihren XXL-Schal zweimal um den Hals, vergrub ihre Hände in den Jackentaschen und gähnte. Es war keine geniale Idee gewesen, sich gestern spätabends noch die Weihnachtscheckliste vorzunehmen. Aber so ging es ihr jedes Jahr.

Sie musste am ersten Adventswochenende eine Liste machen, sonst bekam sie Panik, dass sie an Weihnachten mit leeren Händen dastand – selbst wenn sie schon einige Geschenke besorgt hatte.

»Kim! Willst du da drüben Wurzeln schlagen?« Marie stand mit Franzi unter einer Straßenlaterne auf dem Vorplatz der Stadtkirche und winkte hektisch mit beiden Armen.

»Ich komme!«, rief Kim und stapfte los.

Erst jetzt fiel ihr auf, dass die Polizei das Gelände rund um die Kirche mit rot-weißen Bändern abgesperrt hatte. Ein Einsatzwagen parkte im Halteverbot und fünf Polizisten schlurften träge am Tatort herum. Anscheinend hatten sie keine große Lust auf Spurensicherung am frühen Sonntagmorgen.

»Guten Morgen!«, begrüßte Kim ihre Freundinnen.

Die beiden sahen aus, als ob sie gerade aus dem Bett gefallen wären. Franzis Haare standen in alle Himmelsrichtungen ab. Marie trug zwar ihre neuen Lederstiefel mit den hohen Absätzen, hatte jedoch bis auf Lipgloss kein Make-up aufgelegt. Dabei ging sie sonst nie ungeschminkt aus dem Haus, nicht mal zum Briefkasten.

»Habt ihr schon mit den Polizisten geredet?«, fragte Kim.

»Noch nicht, aber gleich«, antwortete Marie. Sie trat an die Absperrung, hinter der ein gelangweilter junger Polizist gerade eine Zigarette rauchte. »Wir haben von dem Diebstahl gehört«, sprach Marie ihn an. »Können Sie uns schon etwas zum Stand der Ermittlungen berichten?«

Der Einsatzbeamte musterte die Detektivinnen völlig emotionslos. »Wir geben keine Auskunft über aktuelle Ermittlungen«, spulte er die übliche Standardfloskel herunter.
»Selbstverständlich«, sagte Marie mit einem zuckersüßen Lächeln. »Wir wollten auch nur wissen, ob es überhaupt verwertbare Spuren am Tatort gibt. Wir sind übrigens die drei !!! und kennen Kommissar Peters persönlich. Wir haben ihm mit unserem Detektivclub schon oft geholfen.«
Der Polizist grinste spöttisch. »Alles klar. Und ich bin Justus Jonas von den drei ??? und kenne den Papst persönlich.«
Marie verkniff sich eine spitze Bemerkung. »Haben sich schon Zeugen gemeldet? Was ist mit dem Pfarrer?«, fragte sie stattdessen.
»Ihr verschwindet jetzt von hier, aber dalli!« Der Polizist wedelte mit der linken Hand, als ob er lästige Motten verscheuchen würde.
Ein älterer Kollege kam dazu und sagte: »Kinder haben hier nichts zu suchen. Geht nach Hause.«
Solche Unverschämtheiten mussten sich die drei !!! nicht länger anhören. Wortlos kehrten sie den Polizisten den Rücken und zogen ab. In der Kirchgasse verschanzten sie sich im Eingang eines Kerzenladens und warteten, bis die Polizei den Tatort verlassen hatte.
Kim nutzte die Zeit, um Kommissar Peters anzurufen. »Hallo, Herr Kommissar! Hier ist Kim von den drei !!!. Wir stehen gerade bei der Stadtkirche. Ihre Kollegen

scheinen sich nicht gerade brennend für den Fall zu interessieren. Die Spurensicherung scheinen sie jedenfalls ziemlich nachlässig betrieben zu haben. Wissen Sie zufällig was Näheres über den Diebstahl der Marienfigur?«

»Leider nicht«, sagte Kommissar Peters. »Da bin ich nicht zuständig. Aber vielen Dank für euren Hinweis! Ich werde der Sache nachgehen. Und noch etwas: Haltet euch bitte raus aus dem Fall! Der Täter könnte gefährlich sein.«

Kim versprach es und legte auf. Ihr genervtes Augenrollen konnte der Kommissar zum Glück nicht sehen.

»Und, was meint ihr?«, fragte sie ihre Freundinnen. »Wollen wir jetzt mal den Tatort richtig gründlich absuchen?«

»Unbedingt!«, sagte Marie und Franzi nickte begeistert. Kim verteilte Lupen, Pinzetten und dünne Gummihandschuhe. Dann machten sich die drei !!! konzentriert an die Arbeit. Sie waren wie immer supergründlich, fanden aber nichts: weder vor noch in der Kirche. Immerhin stellten sie fest, dass die Plexiglasscheibe mit einem harten Gegenstand zertrümmert worden war.

In gedrückter Stimmung verließen sie die Kirche. »Tja, das war's dann wohl«, sagte Marie enttäuscht. Auf der steinernen Außentreppe knickte sie plötzlich mit dem Knöchel ein. »Mist! Jetzt bin ich mit meinem Absatz in so einer blöden Ritze hängen geblieben.« Sie bückte sich und versuchte ihren Schuh zu befreien. Auf einmal grinste sie triumphierend. In der Ritze lag etwas, das silbrig glitzerte!

Ein Experte macht sich verdächtig

»Seht euch das an!« Marie hielt einen kleinen, silbern glänzenden Gegenstand in die Höhe.
Franzi runzelte die Stirn. »Was ist das?«
»Ein Manschettenknopf«, antwortete Kim. »Zeig mal her!« Sie nahm Marie das silberne Schmuckstück aus der Hand und untersuchte es eingehend. »Scheint echtes Silber zu sein. Mit eingravierten Initialen und kleinen Diamanten drum herum. Das Ding ist bestimmt ziemlich wertvoll. Die Initialen lauten übrigens GB. Sagt euch das was?«
Franzi schüttelte den Kopf. »Nie gehört.«
»Ich hab's!«, rief Marie. »GB steht für Gustav Bramlage! Der Manschettenknopf kam mir gleich bekannt vor. Dr. Bramlage spielt damit immer in seiner Sendung herum, wenn sich einer der anderen Experten ewig lange über irgendein verstaubtes Ölgemälde auslässt.«
»Er muss den Knopf vorgestern bei der Eröffnung der Krippe im Gedränge verloren haben«, kombinierte Kim. »Am besten bringen wir ihn gleich zurück. Dr. Bramlage freut sich bestimmt, wenn er ihn wiederhat.«
Als die drei !!! über den Weihnachtsmarkt zum Stadtmuseum gingen, kamen sie am Stand von Daniel Konradi vorbei. Die kleine Bude war mit einer Holzklappe verrammelt und sah völlig verwaist aus.

»Merkwürdig, dass der Stand noch geschlossen ist«, wunderte sich Marie. »Die anderen Buden haben alle schon geöffnet.«
Kim sah sich um. Marie hatte recht. Sämtliche Standbesitzer hatten ihre Holzklappen bereits abgenommen und bereiteten sich auf den Besucheransturm am ersten Advent vor. »Hoffentlich geht es Jona nicht so schlecht, dass sein Vater mit ihm zu Hause bleiben muss«, sagte Kim besorgt.
»Ach was, Herr Konradi hat bestimmt nur verschlafen«, vermutete Franzi. »Immerhin ist heute Sonntag.« Voller Tatendrang marschierte sie weiter. »Auf ins Museum!«

Das Stadtmuseum lag am anderen Ende der Fußgängerzone. Als die drei !!! das wuchtige alte Gebäude erreichten, öffnete der Hausmeister gerade die Türen. Die Detektivinnen stiegen die Stufen der repräsentativen Freitreppe empor und betraten als erste Besucher des Tages das Museum. Sonntags war der Eintritt frei und sie konnten direkt durchgehen. In den großen, etwas muffig riechenden Räumen herrschte morgendliche Stille. Nur der Parkettboden knarrte leise unter ihren Füßen. Die Damen und Herren auf den dunklen Ölgemälden, die an den hohen Wänden hingen, schienen noch vor sich hin zu dösen und den drei Besucherinnen mit träumerischen Blicken zu folgen. Kim bekam eine Gänsehaut, als sie meinte, die Augen eines Mädchens mit Spitzenhäubchen in ihrem Nacken zu spüren. Sie drehte sich blitzschnell um und das Kind auf dem Gemälde schien ihr spöttisch zuzulächeln.

So ein Unsinn!, rügte Kim sich selbst. Bilder können nicht lebendig werden, also hör auf, dir irgendeinen Quatsch einzubilden!

Trotzdem war Kim froh, als sie die Gemäldesammlung hinter sich gelassen hatten und durch ein schmuckloses Treppenhaus in den Verwaltungstrakt des Museums im ersten Stock gelangten.

»Hier müsste es irgendwo sein.« Marie studierte die Namensschilder neben den Türen. »Bingo!« Vor der letzten Tür des Ganges blieb Marie stehen. Auf einem kleinen Schild war zu lesen: ›Dr. Gustav Bramlage, Abteilungsleiter Religiöse Kunst‹. Sie waren goldrichtig!

Die drei !!! betraten das Vorzimmer, doch der Schreibtisch der Sekretärin war nicht besetzt. Die Tür zum Büro von Dr. Bramlage war nur angelehnt und Marie klopfte vorsichtig an. Als keine Antwort kam, gingen sie einfach hinein.

»Niemand da«, stellte Franzi fest. »Vermutlich hat Dr. Bramlage heute frei, schließlich ist ja Sonntag.«

»Ein engagierter Abteilungsleiter ist immer im Dienst.« Kim zeigte auf die dampfende Kaffeetasse, die auf dem Schreibtisch stand. »Dr. Bramlage arbeitet offensichtlich auch am Wochenende. Er kommt bestimmt gleich zurück. Am besten warten wir so lange.« Sie nahm auf einem der beiden Besucherstühle vor dem Schreibtisch

Platz. »Wisst ihr übrigens, was sich Ben und Lukas gestern wieder geleistet haben?«
»Erzähl!« Franzi sah Kim erwartungsvoll an. Sie fand die Einfälle der Zwillinge immer sehr unterhaltsam.
»Die beiden sollten ihre Wunschzettel schreiben«, berichtete Kim. »Aber sie hatten so viele Wünsche, dass ein Blatt Papier nicht ausreichte. Sie mussten mehrere Blätter aneinanderkleben, um alles draufzukriegen. Wenn es den Weihnachtsmann wirklich gäbe, würde er bei so einer langen Liste glatt in Ohnmacht fallen!«
Franzi und Marie lachten. Dabei stieß Franzi versehentlich gegen einen Stapel Unterlagen auf dem Schreibtisch und ein Blatt Papier segelte zu Boden. Franzi bückte sich und hob es auf.
»Was ist denn das?« Sie runzelte die Stirn und überflog die Seite. Ganz oben stand in großen roten Buchstaben ›MAHNUNG‹. »Eine Mahnung für ein Weihnachtsmannkostüm – merkwürdig …« Als sie den Brief zurück auf den Stapel legen wollte, stutzte sie. »Hier sind noch jede Menge andere Mahnungen!«
»Dr. Bramlage scheint in finanziellen Schwierigkeiten zu stecken«, sagte Marie. »Wer hätte das gedacht?«
»Aber was will er mit einem Weihnachtsmannkostüm?«, überlegte Kim laut. »Das ist doch ziemlich seltsam, findet ihr nicht?«
Bevor sich die Detektivinnen einen Reim auf die Sache machen konnten, ertönten Schritte im Vorzimmer. Dann betrat der Experte höchstpersönlich das Büro. Er

blieb wie angewurzelt stehen, als er die drei !!! entdeckte. Franzi legte schnell die Mahnung weg und verschränkte die Hände hinter dem Rücken, während Kim sich von ihrem Stuhl erhob.
»Entschuldigen Sie, dass wir hier einfach so eingedrungen sind ...«, begann sie höflich, aber Dr. Bramlage ließ sie nicht ausreden.
»Was schnüffelt ihr hier herum?«, schnauzte er die Mädchen an. »Raus mit euch, aber schnell!«
»Wir haben nicht herumgeschnüffelt«, verteidigte sich Marie. »Wir wollten Ihnen nur etwas bringen ...«
Dr. Bramlage schüttelte den Kopf. »Ich habe zu arbeiten. Macht, dass ihr wegkommt!«
Kim runzelte die Stirn. Warum war der Experte auf einmal so unfreundlich? Bei ihrem letzten Treffen auf dem Weihnachtsmarkt war er nach seinen anfänglichen Professor-Superschlau-Allüren doch ganz nett gewesen. Sie zog den silbernen Manschettenknopf hervor. »Gehört der zufällig Ihnen?«
Dr. Bramlage machte ein überraschtes Gesicht. »Mein Manschettenknopf!« Mit zwei langen Schritten war er bei Kim und nahm ihr das Schmuckstück aus der Hand. »Den hatte ich schon vermisst. Ich muss ihn irgendwo verloren haben. Wo habt ihr ihn her?«
»Wir haben ihn vor der Kirche gefunden«, erklärte Marie. »Ich habe das auffällige Stück gleich aus Ihrer Sendung wiedererkannt.«
Der Experte rang sich ein Lächeln ab. »Vielen Dank, wirklich nett von euch. Was haltet ihr von einem Fin-

derlohn?« Er zückte sein Portemonnaie, aber Franzi winkte ab.

»Nein, danke, das haben wir gerne gemacht«, sagte sie bestimmt.

»Wie ihr meint.« Dr. Bramlage steckte seine Geldbörse wieder weg. »Ich bin euch wirklich sehr dankbar, aber jetzt habe ich leider keine Zeit mehr. Auf Wiedersehen!«

Die drei !!! verabschiedeten sich schnell und verließen das Büro. Kim schloss die Tür hinter sich.

»So ein ungehobelter Kerl!«, regte sich Franzi auf. »Wir bringen ihm seinen protzigen Schmuck zurück und er behandelt uns wie den letzten Dreck!«

»Ja, er wirkte wirklich ziemlich angespannt«, stellte Kim fest. »Pst, hört mal!« Marie legte einen Finger an die Lippen und lauschte. Durch die geschlossene Tür war die Stimme des Experten zu hören. Er klang sehr aufgebracht.

»Das können Sie nicht machen!«, rief er. »Ich weiß selbst, wie hoch die Schulden sind, aber ich erwarte bald eine größere Zahlung. Vertrauen Sie mir! Geben Sie mir drei Tage, dann kann ich die erste Rate zahlen. Ja, ganz sicher. Auf Wiederhören!« Der Hörer wurde aufgeknallt.

Die drei !!! wechselten einen schnellen Blick. Offenbar hatte Dr. Bramlage tatsächlich massive Geldprobleme. Und was war das für eine Zahlung, die er bald erwartete? Kim gab Franzi und Marie einen Wink. Sie mussten unauffällig verschwinden, bevor der Experte sie entdeckte. Doch als sie das Vorzimmer gerade verlassen wollten, ertönten Schritte draußen auf dem Gang. Da kam jemand! Der Fluchtweg war versperrt, sie saßen in der Falle.

Kims Herz fing an zu rasen, ihre Gehirnzellen arbeiteten auf Hochtouren. Die drei !!! mussten sich irgendwo verstecken. Aber wo? Der Schrank war viel zu klein. Da passten sie nie im Leben rein. Oder sollten sie durchs Fenster flüchten? Und danach an der Hauswand hinunterklettern? Ein Kinderspiel für Franzi, aber Kim wurde allein schon beim Gedanken daran schlecht.
Plötzlich huschte ein Lächeln über ihr Gesicht. Die einfachen Lösungen waren oft die besten. »Los, stellt euch da hin!«, zischte sie und zog ihre Freundinnen vor ein großformatiges Ausstellungsplakat neben dem Schreibtisch der Sekretärin.
Kaum hatten die Detektivinnen ihre Positionen eingenommen, rauschte ein Mitarbeiter des Museums ins Vorzimmer herein. Völlig unbeeindruckt lief er am Plakat vorbei, das ein Gemälde der Geburt Christi darstellte und kurzfristigen Zuwachs von drei Engeln bekommen hatte.
Der schlaksige Mann in Anzug und Krawatte öffnete die Tür zum Büro von Dr. Bramlage und vergaß, sie hinter sich zuzuziehen. »Gustav, so kann es nicht weitergehen!«, rief er aufgebracht. »Die Banken werden immer aufdringlicher. Bei mir haben sie auch schon angerufen. Es muss etwas passieren, und zwar schnell!«
Dr. Bramlage stöhnte. »Ja, ich weiß. Was meinst du,

was ich schon die ganze Zeit tue? Ich versuche das Problem in den Griff zu bekommen, aber der Schuldenberg lässt sich nun mal nicht von heute auf morgen beseitigen.«

»Ist wenigstens eine Lösung in Sicht?«, wollte sein Mitarbeiter gereizt wissen.

»Ja!« Dr. Bramlage klang nervös. »Ich habe eine Lösung gefunden. Mehr kann ich allerdings momentan noch nicht dazu sagen.« Man hörte einen Stuhl über den Parkettboden scharren.

Das war das Zeichen zum Aufbruch für Kim, Marie und Franzi. Geschlossen traten sie den Rückzug an und rannten los.

Als sie wieder draußen vor dem Stadtmuseum standen, keuchte Kim: »Das … das war ja sehr aufschlussreich. Dieser Bramlage hat hohe Schulden. Dem traue ich glatt zu, dass er die Marienfigur ohne Skrupel gestohlen hat.«

Franzi blies sich eine Haarsträhne aus der Stirn. »Ich hab auch eine Theorie, wie er es angestellt haben könnte: Er hat sich als Weihnachtsmann verkleidet, um unerkannt in die Kirche zu kommen.«

»Und auf dem Rückweg hat er seinen Manschettenknopf verloren«, fügte Marie hinzu. »Wir müssen der Spur unbedingt nachgehen. Am besten bleiben wir gleich hier und warten, bis unser Experte Mittagspause macht und rauskommt.«

Kim verzog gequält die Mundwinkel. »Tut mir leid, wenn ich euch enttäusche, aber ich muss zum Mittagessen zu Hause sein. Meine Mutter macht extra einen Sonntagsbraten für Mandy und danach sollen wir alle zusammen Plätzchen backen, um Mandy die deutschen Weihnachtsbräuche nahezubringen.«

»Ich liebe Plätzchenbacken!« Franzi klatschte begeistert in die Hände. »Sollen wir mitkommen? Ich kenne übrigens das Geheimrezept meiner Oma für Schokomakronen.«

Lotti Winkler war berühmt für ihre Spezialrezepte. Trotzdem zögerte Marie – bis ihr Magen sich plötzlich mit einem lauten Knurren zu Wort meldete. »Na, gut!«, sagte sie. »Wir können Dr. Bramlage auch ein andermal beschatten. Außerdem wollte ich Mandy sowieso endlich kennenlernen und mich davon überzeugen, ob sie wirklich so schrecklich ist, wie du erzählt hast.«

Kim strahlte. Auf Franzi und Marie konnte man sich verlassen. Wenn es hart auf hart kam, waren sie sofort zur Stelle.

Der Sonntagsbraten, den Frau Jülich zubereitet hatte, war so riesig, dass er nur zur Hälfte aufgegessen wurde, obwohl Marie und Franzi als Überraschungsgäste dazugestoßen waren und sich große Portionen auf ihre Teller geladen hatten.

Mandy legte formvollendet Messer und Gabel ab. »*That was sooo good!* Vielen Dank, Frau Jülich!« Ohne dass jemand sie dazu aufforderte, half sie Kims Mutter freiwillig beim Abräumen.

»Jetzt wisst ihr, was ich meine«, murmelte Kim.
Franzi runzelte die Stirn. »Also, so schlimm finde ich sie jetzt auch wieder nicht. Warte doch erst mal ab.«
»Man müsste ›Lady Pink‹ vielleicht ein paar Schminktipps geben«, räumte Marie ein. Sie wollte noch mehr zu diesem Thema sagen, aber da kamen Mandy und Frau Jülich bereits aus der Küche zurück.
Kims Mutter warf Ben und Lukas einen stolzen Mutterblick zu. »Ich hab eine Idee! Vor dem Plätzchenbacken könntet ihr uns eine Kostprobe von eurem Auftritt beim Krippenspiel geben! Die erste Szene habt ihr doch sicher schon auswendig gelernt.«
»Klar!«, sagte Ben großspurig. Die Zwillinge setzten ihre Basecaps auf, stellten sich vor den Adventskranz und Ben legte los: »Was ist das für ein Stern dort oben? Er … er … leuchtet …«
Weil Ben nicht mehr weiterwusste, sprang Lukas für ihn ein: »Ja, genau, der Stern strahlt echt super!« Nach dieser genialen Improvisationseinlage gingen auch bei ihm die Lichter aus und die Zwillinge verstummten.
Frau Jülich runzelte die Stirn. »Ihr müsst euch schon ein bisschen mehr anstrengen beim Lernen! Kim, sei so lieb und hör deine Brüder morgen mal ab. Sie brauchen deine Hilfe.«
Das hatte Kim gerade noch gefehlt. Noch ungerechter fand sie aber, dass Ben und Lukas beim Plätzchenbacken nicht dabei sein mussten und nach dem Mittagessen auf ihr Zimmer gehen durften.
Obwohl Kim nichts sagte, hatte Mandy mitbekommen,

wie wütend sie war. »Ich habe auch einen kleinen Bruder«, erzählte sie. »Der bringt mich ganz oft … wie sagt man? … auf die Tanne?«
Kim musste grinsen. »Auf die Palme.«
»Wenn du magst, kann ich die Zwillinge abhören«, schlug Mandy vor.
»Äh … okay … ich überleg's mir.« Kim war so überrumpelt von dem überraschenden Vorschlag, dass sie nicht mal einen anständigen Satz herausbrachte.
»Und jetzt backen wir Vanillekipferl und die leckeren Schokomakronen von Franzis Oma!«, verkündete Frau Jülich fröhlich.
Kim hatte zwar immer noch keine große Lust, aber dann wurde das Plätzchenbacken doch netter, als sie gedacht hatte. Marie drehte das Radio laut auf, alle sangen bei den neuesten Popsongs mit und rollten dabei um die Wette Vanillekipferl aus. Es wurde viel gelacht und noch mehr genascht, bei den Kipferln und später auch bei den Schokomakronen.
Eine Stunde später konnten sie den ersten Schwung Plätzchen in eine Schale legen und ins Wohnzimmer hinübertragen. Mandy zündete eine Kerze am Adventskranz an. Marie kümmerte sich um die kleinen Teelichter auf der Fensterbank. Sie deckten gemeinsam den Tisch und Frau Jülich schenkte dampfenden Kaminfeuer-Tee ein, der herrlich nach Hagebutte, Mandeln und Zimt duftete.
Kim war beinahe wieder versöhnt mit der Welt. Sie kuschelte sich mit Marie und Franzi aufs Sofa und pro-

bierte eine Schokomakrone, die noch warm und unglaublich knusprig war. »Hmm!«, lobte sie. »Lecker!«
Mandy war von den Plätzchen auch restlos begeistert und schwärmte in den höchsten Tönen von den tollen Rezepten aus *Germany.*

»Was magst du außer Plätzchen sonst noch gerne?«, fragte Marie, um die übertriebene Schwärmerei etwas abzukürzen.

Mandy klimperte mit ihren viel zu stark getuschten Wimpern. »Ich *liebe* Krimis! Meine Lieblingsautorin ist Agatha Christie.«

»Was? Meine auch!«, rief Kim. »Agatha Christie hat mich unter anderem dazu inspiriert, mit Marie und Franzi einen Detektivclub zu gründen.«

Mandy stellte ihre Teetasse abrupt auf dem Couchtisch ab. »Ihr habt einen Detektivclub? Das ist ja spannend!« Sie lächelte. »Aber keine Sorge. Ich werde euch nicht ausfragen, ob ihr gerade einen Fall habt oder so. Ermittlungen müssen streng geheim bleiben.«

Kim starrte Mandy verblüfft an. Die Austauschschülerin hatte sie jetzt schon zum zweiten Mal positiv überrascht. Hatte sie sich vom ersten Eindruck am Flughafen und von ihrem Äußeren etwa täuschen lassen?

»Apropos Detektivclub«, mischte Frau Jülich sich ins Gespräch ein. »Du solltest lieber Englisch lernen, Kim, statt dich mit dieser kindischen Detektivarbeit zu beschäftigen.«

»Mama, bitte!«, sagte Kim genervt. »Können wir über was anderes reden? Mandy interessiert sich garantiert

nicht …« Mitten im Satz stoppte sie und hielt schnuppernd die Nase in die Luft. Ein unangenehm beißender Geruch wehte aus der Küche herüber. Den kannte Kim nur zu gut von einem früheren Fall.
»Feuer!«, brüllte sie.

Liebe auf den ersten Blick

Die drei !!! sprangen gleichzeitig vom Sofa auf und spurteten los. Dichte Rauchschwaden drangen aus der Küche in den Flur. Todesmutig hechtete Kim durch den Qualm und riss das Küchenfenster auf. Franzi zog währenddessen ein Backblech mit völlig verkohlten Schokomakronen aus dem Ofen.

»Du meine Güte, wir haben das letzte Blech im Ofen vergessen!«, rief Frau Jülich, die den drei !!! zusammen mit Mandy gefolgt war. »Das hätte leicht ins Auge gehen können!«

Mandy nickte anerkennend. »Ihr seid wirklich schnell!«

Marie winkte ab. »Das ist doch nichts Besonderes. Als Detektivinnen sind wir es gewohnt, blitzschnell zu reagieren.«

»Die Plätzchen sind jedenfalls absolut ungenießbar.« Franzi versenkte die verbrannten Schokomakronen im Mülleimer.

»Nach dem Schreck brauche ich unbedingt noch eine Runde Vanillekipferl«, sagte Kim. Auf dem Rückweg ins Wohnzimmer musste sie grinsen. Ein Gutes hatte die Sache: In all der Aufregung hatte ihre Mutter das Thema Englischlernen vorerst völlig vergessen!

Am Montagnachmittag versammelte sich der Detektivclub zu weiteren Ermittlungen auf dem Weihnachtsmarkt. Die drei !!! hatten beschlossen, eine ausführ-

liche Zeugenbefragung durchzuführen. Irgendjemand musste doch etwas gesehen haben!
Franzi und Marie machten überraschte Gesichter, als sie sahen, wen Kim mitbrachte: Mandy!
»*Hello!*«, begrüßte Mandy die Mädchen gut gelaunt.
»Meine Mutter hat darauf bestanden, dass ich sie mitnehme«, zischte Kim ihren Freundinnen so leise wie möglich zu. Aber Mandy hatte sie trotzdem gehört.
»Ich werde euch nicht stören«, sagte sie kein bisschen beleidigt. »Ihr könnt in aller Ruhe ermitteln, ich mache so lange einen Bummel über den Weihnachtsmarkt.«
»Okay … prima …«, stammelte Kim überrascht. Mandy wurde ihr immer sympathischer!
Während Mandy davonging, betraten die drei !!! die Stadtkirche, um den Pfarrer zu befragen. Sie trafen ihn beim Altar an, wo er gerade den Blumenschmuck richtete.
»Entschuldigen Sie bitte«, sagte Kim höflich. »Wir sind Detektivinnen und ermitteln im Fall der gestohlenen Marienfigur. Würden Sie uns ein paar Fragen beantworten?«
»Ihr schon wieder!« Der Pfarrer musterte sie erstaunt. »Ihr seid Detektivinnen? Wie interessant! Natürlich stehe ich euch gern Rede und Antwort. Ich finde es toll, wenn die Jugend sich engagiert.«
Franzi legte sofort los. »Haben Sie etwas von dem Diebstahl mitbekommen?«
Der Pfarrer nickte eifrig. »Allerdings! Ich wohne ja im Pfarrhaus direkt nebenan. Am späten Samstagabend

ging auf einmal die Alarmanlage in der Kirche los. Sie ist sehr laut – aber das weißt du ja.« Er zwinkerte Franzi zu. Offenbar hatte er ihr den Fehlalarm inzwischen verziehen. »Ich bin sofort in die Kirche gerannt. Leider bin ich nicht der Schnellste.« Er strich sich entschuldigend über seinen stattlichen Bauch. »Darum war der Dieb schon weg, als ich ankam – mitsamt der Marienfigur!«
»Ist Ihnen sonst noch etwas aufgefallen?«, fragte Kim.
Der Pfarrer überlegte. »Ja, da ist noch etwas«, sagte er schließlich. »Seit jener Nacht fehlt auch die Sackkarre, die der Kirche gehört. Sie stand neben der Krippe.«
Die drei !!! wechselten einen überraschten Blick. Das war eine wichtige Information!
»Vermutlich hat der Dieb die Sackkarre dazu benutzt, die schwere Marienfigur aus der Kirche zu transportieren«, kombinierte Kim. »Die Frage ist nur, wohin er die Figur anschließend gebracht hat.«
Der Pfarrer seufzte bekümmert.
»Wie kann ein Mensch nur so etwas tun?«
Darauf wussten die drei !!! auch keine Antwort. Sie verabschiedeten sich und traten ins Freie. Als Nächstes befragten sie sämtliche Standbesitzer rund um die Kirche, aber keiner hatte etwas gesehen. Einige hatten den Alarm gehört, sich jedoch nichts dabei gedacht. Ein Mann im Weihnachtsmannkostüm war niemandem aufgefallen.
Nach einer geschlagenen Stunde schüttelte Franzi frustriert den Kopf. »Das bringt doch nichts! Lasst uns die

Zeugenbefragung abbrechen und lieber einen Früchtepunsch trinken gehen.«

»Nur noch ein Stand, dann haben wir es geschafft.« Marie marschierte zur Bude von Daniel Konradi und begrüßte den Standbesitzer mit einem Lächeln. »Guten Tag! Wir führen gerade eine Befragung zum Diebstahl der Marienfigur durch. Ist Ihnen am Samstagabend etwas Ungewöhnliches aufgefallen?«

»Am Samstagabend?« Herr Konradi fuhr sich nervös über die Halbglatze. »Nein, da war alles ganz normal. Aber warum interessiert euch das überhaupt?«

»Wir sind Detektivinnen.« Kim reichte Herrn Konradi eine Visitenkarte des Clubs.

»Melden Sie sich bitte, falls Ihnen doch noch etwas einfallen sollte«, bat Franzi.

Der Standbesitzer rang sich ein Lächeln ab. »Ja, klar, mach ich.« Er schob mit dem Fuß eine Holzkiste unter den Ladentisch. »Gerade ist eine neue Lieferung Christbaumkugeln gekommen. Unglaublich, wie viel die Leute am ersten Adventswochenende gekauft haben ...«

Erst jetzt fiel Kim auf, wie blass der Mann war. »Die Vorweihnachtszeit ist ganz schön anstrengend für Sie, oder?«, fragte sie teilnahmsvoll. »Gut, dass Ihr Sohn Ihnen hilft.«

»Wo steckt er überhaupt?«, erkundigte sich Marie.

Der Standbesitzer sackte noch mehr in sich zusammen. »Jona ist im Krankenhaus.«

»Was?« Marie riss die Augen auf. »Aber warum denn?«

»Vorgestern hatte er wieder eine heftige Kopfschmerzattacke«, berichtete Herr Konradi. »Mir blieb nichts anderes übrig, als einen Krankenwagen zu rufen. Jetzt wird er gründlich durchgecheckt.«

»Dann waren Sie am Sonntagmorgen bestimmt im Krankenhaus bei Jona, oder?«, fragte Kim. »Wir haben uns schon gewundert, warum Ihr Stand geschlossen war.«

Herr Konradi füllte fahrig eine Schachtel mit neuen Strohsternen auf. »Ja, ja, genau. Am Sonntag hab ich erst später geöffnet.« Marie lächelte Herrn Konradi aufmunternd zu. »Sicher geht es Jona bald wieder besser. Grüßen Sie ihn bitte herzlich von uns!«

Nachdenklich schlenderten die drei !!! über den Weihnachtsmarkt in Richtung Glühweinstand, als sie plötzlich Mandy entdeckten. Sie stand vor der Bude des Eine-Welt-Ladens und beobachtete gebannt einen Jungen, der dort Räucherkerzen, Holzspielzeug und fair gehandelten Kaffee verkaufte.

»Hallo, Mandy!« Kim tippte ihr von hinten auf die Schulter.
»Alles klar?«
»Er ist *so sweet!*«, hauchte Mandy entzückt. »Der süßeste Junge, den ich je gesehen habe!«
Kim folgte ihrem Blick. Der Junge hinter dem Tresen sah mit seinen blonden Haaren, dem schmalen Gesicht und der Stupsnase eigentlich ganz normal aus, aber Mandys Herz hatte er offenbar im Sturm erobert.
Franzi grinste. »Liebe auf den ersten Blick, was?«
»Starrt doch nicht so auffällig rüber!« Marie zog Mandy ein Stück zur Seite und raunte ihr zu: »Geh einfach zu ihm und sprich ihn an.«
Mandy schüttelte entsetzt den Kopf. »Das kann ich nicht!«
»Und ob du das kannst!«, sagte Marie. »Jetzt ist gerade kein anderer Kunde da, das ist die perfekte Gelegenheit!«
Doch in diesem Moment ertönte eine Männerstimme aus dem hinteren Teil des Standes. »Tim! Komm mal her und hilf mir!«
»Sofort, Chef!«
Der Junge verschwand aus dem Blickfeld der Mädchen.
»Hinterher!«, rief Marie und verpasste Mandy einen leichten Stoß.
Aber Mandy war wie gelähmt.

Nikolaus-Überraschungen

Geheimes Tagebuch von Kim Jülich
Donnerstag, 14:21 Uhr

Auch wenn es bei diesem Eintrag nicht um meinen persönlichen Liebeskummer geht, hat niemand das Recht, mein geheimes Tagebuch zu lesen. Achtung! Das gilt auch für sämtliche Engel, Bengel, Nikoläuse und Weihnachtsmänner.

Das Leben ist so ungerecht! Marie, Franzi und ich dürfen *gerade nicht flirten oder über Jungs reden, obwohl wir es so gerne tun würden. Und Mandy* kann *nicht flirten, obwohl sie sich Hals über Kopf in Tim vom Eine-Welt-Stand verliebt hat.*

Verstehe bloß einer diese Amerikanerinnen!

Mandy war völlig aufgelöst nach der kurzen Begegnung mit Tim. Statt ihm nachzulaufen, wie Marie es ihr geraten hatte, wartete sie wie ein Weihnachtspäckchen auf der Post, das der Empfänger vergessen hat abzuholen.

Mandy hat versucht, es uns zu erklären. In Amerika gilt auch beim Flirten der Wahlspruch ›time is money‹. Ein Junge, der sich für ein Mädchen interessiert, fackelt nicht lange. Er sagt zum Beispiel »Hey, I think you need a boyfriend!«, und wenn das Mädchen positiv reagiert, lädt er es zum Date ein.

Das Problem war nur, dass Tim Mandy offensichtlich überhaupt nicht wahrgenommen hat, weil er so beschäftigt war. Seine Nicht-Reaktion bedeutet also noch gar nichts.

Mandy darf jetzt nicht aufgeben. Sie muss unbedingt noch mal zum Eine-Welt-Stand gehen und dafür sorgen, dass Tim sie sieht. Wenn sie dann auch noch Maries Schmink- und Flirttipps beachtet, kann eigentlich gar nichts schiefgehen.
Am liebsten würde ich Mandy einen kleinen Schubs geben. Sie ist viel zu zögerlich. Andererseits kann ich sie auch verstehen. Damals, als ich mich in … verliebt hatte (Verflixt, beinahe hätte ich seinen Namen erwähnt!), hab ich auch ewig gebraucht, bis ich mich getraut habe, ihm ein Zeichen zu geben.
Aber zurück zu Mandy: Sie will sich Maries Flirttipps durch den Kopf gehen lassen. Die Tipps, bei denen das Mädchen die Initiative ergreift, fand sie nicht so toll. Mit den anderen, die nach dem Motto funktionieren: »Schwaches Mädchen gerät in Not, der Junge sprintet als Held zur Hilfe«, kann sie sich schon eher anfreunden.
Ich fiebere mit Mandy mit und drücke ihr ganz fest die Daumen, dass sie in Germany *ihre große Liebe findet. Und falls es mit Tim nichts wird: In meiner Klasse, die Mandy als Gastschülerin besucht, gibt es auch ein paar ziemlich süße Jungs!*

<u>Detektivtagebuch von Kim Jülich</u>
<u>Donnerstag, 14:44 Uhr</u>
Ich könnte mir die Haare ausraufen: Nicht nur der No-Jungs-Fall geht schleppend voran (Marie, Franzi und ich hatten schon mehrere Rückfälle), auch bei unserem Fall um die gestohlene Marienfigur kommen wir nicht richtig

weiter. Erst haben wir drei Nachmittage hintereinander vorm Museum auf Dr. Bramlage gewartet, bis wir ihn endlich zu seinem Alibi befragen konnten. Und dann hat er uns einfach abgewimmelt und ohne Antwort stehenlassen. Das macht ihn in meinen Augen nur noch verdächtiger. Er hat etwas zu verbergen, da bin ich mir sicher!
Die Zeugenbefragung war bis auf den Hinweis mit der Sackkarre auch ein Reinfall. Ich muss übrigens öfter an den armen Jona denken: Er tut mir so leid. Hoffentlich darf er bald aus dem Krankenhaus und wird wieder gesund.
Ich bin abgeschweift: Also, wir müssen jetzt nach anderen Wegen suchen, um Licht ins Dunkel zu bringen. Als Nächstes wollen wir heute Nachmittag zu den Restauratorinnen Iris und Marietta Gerold gehen und sie fragen, wo man die Marienfigur verkaufen könnte. Marie hat die Adresse der Werkstatt im Internet recherchiert. Vielleicht bringt uns das ja auf eine neue Spur.
PS: Noch eine Bemerkung zum Englisch-Fall: Vor drei Tagen hab ich eine Englischarbeit geschrieben. Hab ein gutes Gefühl. Ich war aber auch fleißig und hab fast jeden Tag mit Mandy Englisch gequatscht!
PPS: Ich habe mir fest vorgenommen, ab jetzt extra gut aufzupassen und bis Weihnachten nicht mehr in die Jungs-Falle zu tappen. Hoffentlich gelingt es mir!

Kim hatte sich ihre Jacke angezogen und wollte gerade losgehen, als es plötzlich klingelte. Marie und Franzi standen vor der Tür. Marie trug ein himbeerfarbenes Cape, enge schwarze Jeans und Pumps. Franzi war wie

immer sportlich gekleidet und hatte Bergstiefel, Jeans und Anorak an.
»Was macht ihr denn hier?«, fragte Kim verwundert. »Wir wollten uns doch vor dem Laden der Gerold-Schwestern treffen.«
Franzi nickte. »Ich weiß. Es gibt eine kleine Änderung im Plan. Ich hab Marie angerufen und ihr gesagt, dass wir vorher noch kurz bei dir vorbeischauen müssen.«
Kim runzelte die Stirn. Der Ortstermin war wichtig und sie konnte es nicht leiden, wenn über ihren Kopf hinweg Pläne einfach über den Haufen geworfen wurden. »Ich halte das für keine so gute Idee«, bemerkte sie.
Franzi grinste nur, zog eine rote Mütze aus ihrer Anoraktasche und setzte sie auf. Dann brummte sie mit extra tiefer Bassstimme: »Ich bin der Nikolaus und hab euch was Schönes mitgebracht. Wart ihr auch brav im letzten Jahr?«
Marie bestätigte im Brustton der Überzeugung: »Natürlich war ich brav, Nikolaus!«
»Ich auch.« Kim musste kichern. Die Überraschung war Franzi geglückt. »Na, dann komm mal rein, lieber Nikolaus!«
Franzi stampfte mit ihren schweren Bergstiefeln die Treppe hoch. Der Rucksack, den sie auf dem Rücken trug, war erstaunlich flach und schien nicht besonders schwer zu sein. Was da wohl drin war?
Franzi lüftete ihre Nikolaus-Überraschung erst, nachdem Kim ihr eine Tasse *Kakao Spezial* eingeschenkt

hatte. »Dann wollen wir doch mal sehen, was ich für euch habe«, brummelte sie geheimnisvoll und öffnete ihren Rucksack.

Kim bekam einen roten Briefumschlag in die Hand gedrückt und Marie eine silberne Dose mit einer roten Schleife.

»Du hast mir Schmuck gekauft?« Maries Augen leuchteten wie Weihnachtssterne. »Mensch, Franzi, du bist ja verrückt!« Sie nestelte an der Schleife und klappte die Dose auf. »Iiieh!«, kreischte sie und zog mit spitzen Fingern ein borstiges schwarzes Haar heraus. »Was ist *das* denn?«

Franzi grinste breit. »Das ist ein äußerst nützliches Teil für Detektivinnen. Pony Tinka war so lieb, mir ein paar Haare zu spendieren. Du feuchtest eins davon mit Spucke an und klebst es zwischen Tür und Wand. Wenn das Haar weg ist, weißt du, dass die Tür geöffnet wurde.«

»Verstehe …« Marie musste erst ihre Enttäuschung verarbeiten. Doch dann wurden ihr die Vorteile der Haar-Falle bewusst. Die konnten sie bestimmt mal gut gebrauchen. »Danke dir!«, sagte sie zu Franzi.

In Kims Umschlag steckten bunte Sticker mit lustigen Motiven: gelbe Smileys, Blumen und Tintenkleckse. Eine Anleitung lag auch dabei. Kim las sie schnell durch und rief begeistert: »Das sind Reflektoren! Die leuchten im Dunkeln 160 Meter weit.«

Franzi nickte. »Wenn wir abends jemanden beschatten wollen, kleben wir einfach heimlich einen Reflektor auf seine Jacke oder auf die Hose. Dann verlieren wir ihn nicht aus den Augen.«

»Super!«, sagte Marie. »Und was ist mit dir, Nikolaus? Bekommst du gar nichts?«

Franzis Mundwinkel zuckten verräterisch. »Oh doch! Ich habe mir selbst ein Geschenk gemacht. Das möchte ich gleich ausprobieren. Dazu müssen wir aber die Vorhänge ganz zuziehen und das Licht ausmachen.«

»Okay«, sagte Kim, sprang auf und verdunkelte den Raum.

Dann mussten sich Kim und Marie auf den Boden setzen, während Franzi ihre Bergstiefel auszog und sich auf Strümpfen leise entfernte.

Kim spürte ein angenehmes Kribbeln in der Magengegend. Sie versuchte zu orten, wo Franzi sich gerade befand. Stand sie an der Tür? Oder beim Schreibtisch? Kim konnte es nicht mit Sicherheit sagen.

Plötzlich klingelte ein Handy. Marie zuckte zusammen. Das war der neue Weihnachtssong der *Boyzzzz*, den sie erst gestern heruntergeladen hatte. »Hallo?«, rief Marie nervös. »Wer ist denn da?«

»Ich bin's, Franzi«, kam es beschwingt aus dem Hörer. »Ich liege hier an einem traumhaften weißen Sandstrand in der Karibik. Hör mal!« Meeresrauschen und das Kreischen von exotischen Vögeln drangen an Maries Ohr.

»*Wo* bist du?«, rief Marie.

Zwei ungleiche Schwestern

Das Licht ging an und Franzi, die sich unbemerkt aus dem Raum geschlichen hatte, kam kichernd wieder herein. »Keine Angst, ich würde doch niemals ohne euch in den Süden fliegen!«

Marie sah verwirrt von ihrem Handy zu Franzi. »Wie hast du das gemacht? Eben warst du doch noch am Meer! Ich hab das Rauschen der Wellen und die Vogelschreie ganz genau gehört!«

»Der Trick ist super, oder?« Mit einem breiten Grinsen im Gesicht zog Franzi die Vorhänge zur Seite und setzte sich zu ihren Freundinnen. »Ich zeig euch, wie's geht.« Franzi holte ihren MP3-Player hervor und drückte auf *Play*. Erst erklang das Meeresrauschen, das Marie bereits am Handy gehört hatte. Dann dröhnte plötzlich Autolärm aus dem Lautsprecher. Es folgten Kindergeschrei, eine durchdringende Kreissäge und Weihnachtslieder-Gedudel wie aus einem Kaufhaus.

»Toll, oder?« Franzi stellte das Gerät aus. »Die Sounds hab ich mir kostenlos aus dem Internet runtergeladen. Wenn ich den MP3-Player ans Telefon halte, kann ich meinem Gesprächspartner jederzeit vorgaukeln, ganz woanders zu sein, als ich in Wirklichkeit bin.«

»Wahnsinn!« Marie sah schwer beeindruckt aus.

Auch Kim nickte anerkennend. »Nicht schlecht! So kann man zum Beispiel einen Verdächtigen in Sicherheit wiegen. Er denkt, wir stehen im Kaufhaus, dabei

sind wir ihm in Wirklichkeit dicht auf den Fersen. Bevor wir die Tarnung zum ersten Mal anwenden, würde ich allerdings gerne noch mehr Geräusche sammeln.« Sie erhob sich. »Jetzt sollten wir aber wirklich aufbrechen, sonst erwischen wir die Gerold-Schwestern vor dem Feierabend nicht mehr.«
Franzi und Marie waren einverstanden und fünf Minuten später verließen sie das Haus.

»Da drüben muss es sein!« Franzi zeigte auf ein Geschäft auf der anderen Straßenseite. ›Gerold Holzschnitzerei und Restauration‹ war auf dem Schild über der Tür zu lesen.
Als die drei !!! den Laden betraten, bimmelte ein kleines Glöckchen. Die Mädchen sahen sich neugierig um. Hinter dem Tresen mit der altmodischen Kasse war niemand. Trotzdem wurden sie von hunderten Augenpaaren aufmerksam beobachtet.
»Wie schön!«, hauchte Marie. Kim und Franzi nickten stumm.
Die Regale in dem kleinen Verkaufsraum waren voller Holzfiguren in unterschiedlichen Größen. Es gab komplette Krippen in verschiedenen Ausführungen, Scharen von Engeln, Zwergen und pausbackigen Kindern sowie alle möglichen Tiere.
Schritte ertönten und eine Frau erschien in der Tür hinter dem Tresen, die vermutlich zur Werkstatt führte. Obwohl sie heute keinen schicken Hosenanzug, sondern einen Arbeitsoverall voller Sägespäne und einen

dicken Wollschal um den Hals trug, erkannte Kim sie sofort wieder. Es war Iris Gerold, die Holzschnitzerin.
»Kann ich euch helfen?«, fragte sie nicht besonders freundlich. Ihre weißblonden Haare hatte sie aus dem Gesicht gekämmt und zu einem strengen Knoten aufgesteckt. Um ihren Mund lag ein harter Zug.
»Die Figuren sind wunderschön!« Marie lächelte der Frau zu, doch die erwiderte das Lächeln nicht. »Diese kleine Elfe hier gefällt mir besonders gut.« Marie zeigte auf eine winzige Holzfigur mit filigranen Flügeln, die ein zartes Blütenkleid trug.
»Meine Figuren sind Kunstgegenstände, kein Kinderspielzeug«, sagte Iris Gerold schroff. Maries Kompliment schien sie nicht im Geringsten zu berühren.
»Sie haben doch auch die Krippenfiguren in der Stadtkirche geschnitzt, oder?«, fragte Kim beiläufig. Die drei !!! hatten beschlossen, die Gerold-Schwestern erst einmal inkognito zu befragen.
Iris Gerold nickte. »Allerdings.«
»Was sagen Sie denn zum Diebstahl der Marienfigur?«, erkundigte sich Franzi. »Das muss wirklich schlimm für Sie sein, immerhin stammt die Figur aus Ihrem Familienbesitz.«
Die Holzschnitzerin schnaubte verächtlich. »Die Figur wurde uns doch in Wirklichkeit schon lange vorher gestohlen!«
Kim runzelte die Stirn. »Wie meinen Sie das?«
»Die Kirche hat uns die Figur weggenommen«, behauptete Iris Gerold.

»Aber sie wurde doch in einem Seitenaltar der Stadtkirche wiederentdeckt, oder?«, fragte Marie.
»Na und?«, rief Iris Gerold ärgerlich. »Das heißt noch lange nicht, dass die Kirche irgendwelche Besitzansprüche geltend machen kann! Immerhin war es mein Urgroßvater, der die Maria damals geschnitzt hat. Sie war sein Meisterwerk und er hat sie nie und nimmer der Kirche geschenkt!«
»Sie meinen also, die Figur war nur eine Leihgabe und gehört rechtmäßig immer noch Ihrer Familie?«, hakte Kim nach.
Die Holzschnitzerin nickte. »Genau! Aber die entsprechenden Urkunden existieren nicht mehr. Ich habe wochenlang im Stadtarchiv geforscht – ohne Erfolg!«
Die drei !!! wechselten einen schnellen Blick. Das waren hochinteressante Hintergrundinformationen!
Eine zweite, etwas größere Frau kam nun aus der Werkstatt in den Verkaufsraum. Marietta Gerold! Sie trug ihre hellblonden Haare zu einem lockeren Pferdeschwanz gebunden und war dezent geschminkt. Ihre Arbeitskleidung, eine alte Jeans und ein viel zu großes Herrenhemd, waren voller Farbspritzer und ein durchdringender Geruch nach Lack und Lösungsmittel ging von ihr aus.
»Na, schimpfst du mal wieder auf die Kirche?«, fragte sie mit gutmütigem Spott in der Stimme.
»Einer muss sich ja über diese himmelschreiende Ungerechtigkeit aufregen, wenn du es schon nicht tust«, sagte Iris Gerold spitz.

Marietta seufzte. Offenbar diskutierten die Schwestern das Thema nicht zum ersten Mal. »Die Sache ist doch längst vom Tisch. Wir haben uns mit dem Pfarrer geeinigt, falls du das vergessen haben solltest: Ich durfte die Figur restaurieren und habe dafür ein stolzes Honorar bekommen. Im Gegenzug haben wir auf sämtliche Besitzansprüche verzichtet.«

»Ein riesiger Fehler!«, ereiferte sich Iris.

»Du warst mit dieser Regelung einverstanden«, erinnerte Marietta ihre Schwester.

»Ich hätte mich niemals darauf einlassen dürfen!« Iris sah jetzt richtig verbittert aus. »Das werde ich mir nie verzeihen. Und jetzt ist die Figur verschwunden …«

»Glauben Sie, der Dieb wird versuchen, die Marienfigur zu verkaufen?«, fragte Franzi. »Sie soll ja ein Vermögen wert sein.«

Marietta schüttelte den Kopf. »Dazu ist die Figur zu bekannt. Kein Museum würde sie ausstellen, kein Händler sie annehmen. Im Grunde ist sie unverkäuflich.«

Kim runzelte die Stirn. »Aber wieso stiehlt jemand ein unverkäufliches Kunstwerk?«

»Vielleicht für einen privaten Sammler. Das ist der einzige Grund, den ich mir vorstellen kann.« Iris wickelte sich ihren Schal fester um den Hals. »Wann wird eigentlich endlich die Heizung repariert?«, nörgelte sie. »Sie ist vorhin schon wieder ausgefallen!«

»Der Heizungsmonteur ist schon bestellt«, beruhigte Marietta ihre Schwester. Sie lächelte die drei !!! freundlich an. »Aber ihr seid sicher nicht wegen der gestohlenen Marienfigur hergekommen, oder? Können wir sonst noch etwas für euch tun?«

»Nein, danke«, sagte Kim schnell. »Wir wollten uns nur ein bisschen umschauen.«

Die drei !!! verabschiedeten sich und verließen den Laden. Kaum standen sie auf dem Bürgersteig, pfiff Franzi durch die Zähne. »Wer hätte das gedacht? Iris Gerold hat also auch ein Motiv.«

Kim nickte. »Sie hält die Maria für das rechtmäßige Eigentum ihrer Familie.«

»Aber unser Hauptverdächtiger ist immer noch Dr. Bramlage, oder?«, vergewisserte sich Marie.

In diesem Moment ging ein Weihnachtsmann auf dem Bürgersteig vorbei. Als er die drei !!! entdeckte, schien er seine Schritte zu beschleunigen. Kim war sofort in Alarmbereitschaft. War das etwa Dr. Bramlage auf dem Weg zu seinem nächsten Coup? Ohne nachzudenken, sauste sie los. Franzi und Marie schalteten sofort und liefen hinterher. Der Weihnachtsmann warf einen raschen Blick über die Schulter zurück und begann zu rennen.

Schon nach wenigen Metern bekam Kim Seitenstechen und verfluchte mal wieder ihre Unsportlichkeit. Kim schwor sich, demnächst wieder mehr Sport zu machen. Franzi, die gerade lässig an ihr vorbeizog, konnte ihr bestimmt ein paar Tipps geben.

Inzwischen hatte Franzi weiter vorne den Weihnachtsmann gestellt. »Hiergeblieben, Freundchen!«, rief sie triumphierend und riss dem Mann die rote Mütze vom Kopf.

Hilflos im Schnee

Franzi und Marie starrten in das Gesicht eines jungen Mannes, der nicht mal entfernte Ähnlichkeit mit Dr. Bramlage hatte. Seine Nase war breit und kurz, seine fülligen Haare hellbraun und er trug auch keine Brille.

Franzi wurde rot bis unter die Haarwurzeln. »Ich … äh … das ist mir jetzt aber peinlich!« Schnell gab sie dem Mann seine Mütze wieder zurück.

»Wir haben Sie mit einem anderen Weihnachtsmann verwechselt«, sagte Marie.

Kim, die schließlich als Letzte dazukam, keuchte: »Ent… Entschuldigen Sie bitte!«

Der Mann setzte wütend seine Mütze auf. Plötzlich musste er lachen. »Das passiert mir heute schon zum zweiten Mal. Irgendwas zieht die Leute magisch an. Wahrscheinlich spüren sie, dass ich der richtige Weihnachtsmann bin und alle anderen nur billige Kopien.«

Kim, Franzi und Marie waren erleichtert, dass er die Sache mit Humor nahm. Sie plauderten noch kurz mit ihm und erfuhren, dass Paul Student war und sich mit dem Weihnachtsmannjob etwas dazuverdiente. Am Schluss schenkte er ihnen sogar drei kleine Schokoladennikoläuse und wünschte den drei Mädchen eine schöne Adventszeit.

»Und was machen wir jetzt?«, fragte Franzi, als der Weihnachtsmann im nächsten Kaufhaus verschwunden

war. »Sollen wir zum Weihnachtsmarkt gehen und uns dort noch mal bei den Standbesitzern umhören?«
Marie gähnte verstohlen. »Ich weiß nicht, ob das viel bringt.«
Kim fand Franzis Vorschlag gut, aber in ihrem Kopf rotierten schon wieder tausend Weihnachtsdinge, die sie heute noch erledigen wollte. »Was haltet ihr davon, wenn wir uns am Samstag auf dem Weihnachtsmarkt treffen? Da können wir weiterermitteln und gleichzeitig Amor für Mandy und Tim spielen.«
»Super Idee!«, sagte Marie. »Ich rufe Mandy heute noch an und feile mit ihr an ihrer Flirtstrategie.«
Am Samstagnachmittag war es rappelvoll auf dem Weihnachtsmarkt. Mandy und die drei !!! hatten sich dick eingepackt. Der Himmel war wolkenverhangen und es roch schon die ganze Zeit nach Schnee.
»Na, freust du dich auf Tim?«, fragte Franzi.
Mandy blinzelte verlegen. »Ich weiß nicht. Ja, ich glaube schon.« Hastig zog sie ihren Schminkspiegel aus der Tasche und überprüfte zum x-ten Mal ihr Make-up. Maries Schminktipps hatten Wunder gewirkt. Mit der Hälfte an Wimperntusche, Lidschatten und Lippenstift kam Mandys hübsches Gesicht viel besser zur Geltung. Und die mokkafarbene Marlene-Hose betonte ihre schmale Taille.
»Du siehst toll aus!«, versicherte Marie. »Es wird alles gut gehen. Unser Plan ist perfekt.«
Die drei !!! wollten Mandy zum Eine-Welt-Stand lotsen, aber je näher der Stand kam, umso langsamer wurden

Mandys Schritte. »Ich brauche noch Anlaufzeit«, sagte sie entschuldigend. »Lasst uns vorher noch ein bisschen bummeln.«
Kim nickte verständnisvoll. »Natürlich.« Sie war heilfroh, dass sie jetzt nicht in Mandys Haut steckte. Wenn sie gezielt flirten sollte, hatte sie mindestens genauso viel Lampenfieber wie vor einem Gesangsauftritt.
»*Oh, how cute!*«, rief Mandy begeistert. Sie hatte bei einer Kerzenbude einen Drehständer mit Weihnachtskarten entdeckt. »Genau so was suche ich für meine Familie in San Francisco! Ich brauche mindestens zwölf Stück davon.« Mandy nahm eine der Karten heraus, die alle sorgfältig in Zellophan verpackt waren und bereits einen Umschlag enthielten.
Kim schielte auf das Preisschild und schnappte nach Luft. »Die sind aber teuer!«
Traurig stellte Mandy die Karte zurück in den Drehständer. »Wir finden bestimmt noch andere Karten.«
»Ich hab eine bessere Idee!«, rief Kim. »Ich weiß, wie man tolle Weihnachtskarten selber basteln kann. Wenn du magst, zeig ich es dir später.«
Sofort hellte sich Mandys Gesicht wieder auf. »*Thank you!*«
Kim lächelte. Das liebte sie so an der Weihnachtszeit: andere glücklich zu machen, und wenn es nur mit einer simplen Postkarte war.
Plötzlich spürte Franzi etwas Kaltes, Feuchtes auf ihrer Nase. Verwundert hob sie den Kopf und sah hinauf zum Himmel. Glitzernde Schneeflocken tanzten auf die Erde

herab. Erst waren es nur vereinzelte, aber bald wurden daraus richtig viele. Franzi breitete lachend die Arme aus. »Es schneit!«

Marie zwinkerte Mandy zu. »Das ist ein gutes Zeichen für unseren Plan. Komm, jetzt gehen wir zum Eine-Welt-Stand!«

Diesmal konnte Mandy nichts mehr dagegen einwenden. Sie ließ sich von Kim zwei große Geschenktüten geben, die mit leeren Plätzchendosen und Kartons vollgestopft waren. Kim, Franzi und Marie wünschten Mandy »Toi, toi, toi!« und zogen sich kurz vor dem Eine-Welt-Stand hinter einer Spielzeugbude zurück.

Mandy stapfte unsicher weiter. Sie musste nicht mal etwas vortäuschen. Der Boden war von den ersten Schneeflocken tatsächlich ein wenig matschig geworden. Mandy hatte Mühe, das Gleichgewicht zu halten. Sie geriet ins Rutschen, ruderte mit den Armen, schrie effektvoll »Aaaah!« und stürzte direkt vor dem Eine-Welt-Stand zu Boden. Der Inhalt der beiden Geschenktüten kullerte heraus. Mandy blieb hilflos liegen.

»Sie ist die geborene Schauspielerin!« Marie pfiff anerkennend durch die Zähne. »Das hätte ich ihr gar nicht zugetraut. Jetzt kommt bestimmt gleich Tim als großer Held angelaufen.«

Die drei !!! warteten. Qualvolle Sekunden verstrichen. Nichts passierte. Tim tauchte einfach nicht auf! Als sie um die Ecke spähten, sahen sie, dass Tim sich gerade umgedreht hatte und eine Kiste ausräumte. Im Rücken hatte er leider keine Augen.

»Das gibt's doch nicht!«, rief Franzi entrüstet. »Los, wir müssen sie retten!«
Die Detektivinnen stürzten zu Mandy hin. Ein Ehepaar war bereits bei ihr und erkundigte sich, ob es helfen könne.
Mandy wehrte ab. »Nein, danke. Da sind schon meine Freundinnen.«
Kim und Franzi halfen Mandy behutsam auf die Beine. Marie räumte gemeinsam mit dem Ehepaar den verstreuten Inhalt der Geschenktüten wieder ein. Tim verschwand währenddessen im Lagerraum des Eine-Welt-Standes.
Mandy hatte Glück im Unglück gehabt. Sie würde nicht mal einen blauen Fleck bekommen. Trotzdem füllten sich ihre Augen mit Tränen. »Tim will mich einfach nicht sehen!«
»Das stimmt nicht«, widersprach Marie. »Du musst nur Geduld haben. Das nächste Mal klappt es bestimmt.«
Mandy schüttelte heftig den Kopf. »Nein. Lasst mich! Ich muss jetzt alleine sein.« Sie drückte Marie die Geschenktüten in die Hand und rannte davon.
»Die Arme!«, seufzte Kim. »Liebeskummer ist die Hölle. Wenn wir ihr nur helfen könnten!« Franzi hakte sich bei Kim unter. »Das werden wir schon noch. Außerdem bist du ja heute Abend für Mandy da und kannst sie trösten. Aber jetzt müssen wir an den Fall denken.«
»Franzi hat recht«, sagte Marie. »Ich schlage vor, wir gehen noch mal zu Daniel Konradi.«
Schweren Herzens machte Kim sich mit ihren Freun-

dinnen auf den Weg. Herr Konradi stand einsam in seiner Strohstern-Bude.
»Wie geht es Jona?«, erkundigte sich Kim.
»Nicht gut«, murmelte Daniel Konradi. »Er liegt noch im Krankenhaus. Die Kopfschmerzen werden immer stärker. Die Ärzte wollen weitere Untersuchungen anstellen, bis jetzt sind sie ratlos.«
Die drei !!! sahen sich betroffen an und Kim bekam ein furchtbar schlechtes Gewissen. »Das tut uns sehr leid«, sagte sie. »Wir wollten Jona schon besuchen, aber wir waren uns nicht sicher, ob er sich freuen würde. Wir kennen ihn ja kaum.«
Herr Konradi wehrte sofort ab. »Das macht nichts. Jona ist sowieso lieber allein.«
Marie wunderte sich. So hatte sie Jona gar nicht eingeschätzt. Bei ihrem ersten Treffen war er jedenfalls sehr aufgeschlossen und gesprächig gewesen. Aber vielleicht hatten die schlimmen Kopfschmerzen ja etwas damit zu tun.
Unter diesen Umständen wollten die Detektivinnen Jonas Vater eine weitere Befragung zur Marienfigur ersparen. Mit guten Besserungswünschen an Jona verabschiedeten sie sich und gingen in gedrückter Stimmung weiter.
Nach ein paar Metern blieb Franzi plötzlich abrupt stehen und flüsterte erschrocken: »Ich glaube, ich weiß, was mit Jona los ist!«

Das Kerzenorakel spricht

»Erzähl schon!«, drängte Kim. »Was ist mit Jona?«
»Es könnte sein, dass er einen Hirntumor hat«, raunte Franzi ihren Freundinnen zu.
Marie schlug entsetzt die Hände vor den Mund. »Was? Aber das wäre ja furchtbar! Wie kommst du denn darauf?«
»Ich habe neulich im Fernsehen eine Dokumentation über einen Hirntumor-Patienten gesehen«, erzählte Franzi. »Bei ihm ging es mit denselben Symptomen los: plötzliche Kopfschmerzattacken, die immer heftiger werden …«
»Diese Diagnose wäre eine Katastrophe für Jona und seinen Vater«, stellte Kim bedrückt fest.
Marie seufzte. »Hoffentlich irrst du dich, Franzi.«
»Das hoffe ich auch«, sagte Franzi.
Eine Weile standen sie schweigend zwischen all den Menschen, die fröhlich über den Weihnachtsmarkt bummelten, und fühlten sich fehl am Platz in all dem Trubel.
Schließlich straffte Kim die Schultern. »Wir sollten uns nicht zu große Sorgen machen. Jetzt müssen die Ärzte Jona erst mal durchchecken. Am besten lenken wir uns ein bisschen ab, um auf andere Gedanken zu kommen.«
»Prima Idee!« Marie lächelte tapfer. »Was haltet ihr von einem *Kakao Spezial* im *Café Lomo*?«
Franzi nickte. »Ich bin dabei.«

»Ich auch.« Kim zückte ihr Handy. »Aber vorher rufe ich Mandy an. Sie kann bestimmt auch etwas Ablenkung gebrauchen. Außerdem ist das die perfekte Gelegenheit, ihr unser Stammcafé zu zeigen.«

Zwanzig Minuten später saßen die drei !!! mit Mandy in der gemütlichen Sofaecke des *Lomo*, jede mit einem Becher dampfendem Kakao und einem Schokomuffin vor sich.

»Hier trefft ihr euch also immer?« Mandy sah sich aufmerksam um. »Sehr nett!«

»Ja, nicht wahr?«, sagte Kim.

»Und probier erst mal den Kakao, der schmeckt einfach himmlisch. Das Geheimnis ist die feine Vanillenote.«

Mandy nahm einen Schluck, schloss genießerisch die Augen und sagte nur ein einziges Wort: »*Great!*«

Kim freute sich, dass es Mandy im *Lomo* gefiel. Wirklich erstaunlich, dass sie in so vielen Dingen auf einer Wellenlänge lagen!

»Es tut mir übrigens sehr leid, dass die Flirtaktion vorhin schiefgegangen ist«, entschuldigte sich Marie. »Dabei hatten wir alles so gut vorbereitet! Aber du darfst nicht verzweifeln, das war einfach nur Pech. Wir müssen es unbedingt noch einmal probieren.«

Mandy seufzte. »Ich weiß nicht, ob ich das schaffe …«

»Natürlich schaffst du das«, sagte Franzi aufmunternd.

»Genau.« Kim nickte bekräftigend. »Außerdem hast du ja uns. Wir stehen dir voll und ganz zur Seite.«

»Das ist lieb von euch.« Mandy lächelte dankbar.

»Trotzdem … Ich weiß ja nicht mal, ob meine Liebe zu Tim überhaupt irgendeine Zukunft hat. Was, wenn wir am Ende gar nicht zueinanderpassen?«

»Das können wir schnell herausfinden.« Marie grinste. »Und zwar damit!« Sie zeigte auf die rote Kerze, die in einem vergoldeten Ständer auf dem Tisch stand und mit ihrem flackernden Licht vorweihnachtliche Stimmung verbreitete.

Mandy runzelte die Stirn. »Eine Kerze soll mir meine Fragen beantworten?«, fragte sie verwirrt.

Auch Kim und Franzi machten ratlose Gesichter.

»Genau, mit dem Kerzenorakel!«, verkündete Marie. »Darüber habe ich gerade etwas in einem Buch über verschiedene Formen des Wahrsagens gelesen.«

Franzi verdrehte die Augen. »Nicht schon wieder! Verschon uns bitte mit diesem übersinnlichen Unsinn.«

»Das ist kein Unsinn!«, gab Marie verärgert zurück. »Seit vielen Jahrhunderten sehen die Menschen auf unterschiedliche Weise in die Zukunft.«

»Ja, aber mit einer Kerze?«, fragte Kim skeptisch. »Wie soll das funktionieren?«

Wie Franzi konnte Kim mit Tarotkarten, Gläserrücken, Wahrsagen und anderen übersinnlichen Techniken nicht besonders viel anfangen. Ganz anders als Marie, die sich für all diese Dinge uneingeschränkt begeisterte.

»Das werdet ihr gleich sehen.« Marie machte ein geheimnisvolles Gesicht. »Eigentlich braucht man dafür einen ruhigen Raum. Egal, hier klappt es bestimmt trotzdem. Also – kommt alle etwas näher, wir müssen uns in einem geschlossenen Kreis um die Kerze setzen und uns an den Händen fassen.«

»Humbug!«, murmelte Franzi.

»Wir können es ja mal probieren«, lenkte Kim ein. »Auch wenn ich nicht glaube, dass etwas dabei herauskommt.«

»Wer weiß?« Mandy kicherte nervös und rutschte auf ihrem Sessel weiter nach vorn. Dann fassten sich die Mädchen an den Händen.

»Konzentriert euch auf die Flamme und leert euren Geist von allen störenden Gedanken«, sagte Marie. »Und jetzt schließt die Augen.«

»Dauert das noch lange?«, stöhnte Franzi. »Die Leute schauen schon zu uns rüber!«

»Du sollst deinen Geist leeren!«, wiederholte Marie ungeduldig. »Also, seid ihr bereit?«

»Ja«, antworteten Kim, Franzi und Mandy gleichzeitig.

»Dann stell jetzt deine Frage, Mandy«, sagte Marie.

Mandy holte tief Luft. »Hat meine Liebe zu Tim eine Chance?«

»Augen auf!«, kommandierte Marie. Sie blies die Kerze aus und beobachtete konzentriert den Rauch, der sich zunächst heftig kräuselte, dann aber in einer ruhigen Säule zur Decke stieg und sich schließlich auflöste. »Interessant …«, murmelte Marie.

»Und?«, fragte Mandy eifrig. »Hat die Kerze geantwortet?«

»Allerdings.« Marie lächelte zufrieden.

»Komisch, ich hab gar nichts gehört«, bemerkte Franzi

betont spöttisch, um die Gänsehaut auf ihren Armen zu vertreiben. »Kannst du der Kerze ausrichten, sie soll das nächste Mal etwas lauter sprechen?«

»Vielleicht solltest du dir lieber die Ohren waschen«, gab Marie zurück. »Oder einen Sehtest machen. Die Antwort der Kerze liegt nämlich in dem Weg, den ihr Rauch nach dem Ausblasen nimmt.«

»Und wie interpretierst du die Rauchzeichen?«, fragte Kim schnell, bevor Franzi sich weiter über Marie lustig machen konnte.

»Mandys Liebe zu Tim hat sehr gute Chancen«, verkündete Marie. »Du solltest allerdings nichts überstürzen, Mandy, sondern auf ein Zeichen von außen warten. Das sagt uns der anfangs etwas unruhige Verlauf des Rauchs. Sobald das Schicksal Tim und dich zusammengeführt hat, wird eure Liebe so stabil sein wie die Rauchsäule, die zur Decke gestiegen ist.«

»*Great!*«, seufzte Mandy wieder. Das schien eins ihrer Lieblingswörter zu sein, doch heute fand Kim Mandys überschwängliche Art gar nicht mehr so schlimm.

»Wo wir schon mal dabei sind, könnten wir der Kerze ja gleich noch ein paar andere Fragen stellen«, schlug Kim vor. »Zum Beispiel, ob sich die gestohlene Marienfigur noch in der Stadt befindet.«

»Oder ob wir beim No-Jungs-Fall Erfolg haben werden«, fügte Franzi grinsend hinzu. »Dieses komische Kerzenorakel ist echt witzig.«

»No-Jungs-Fall?«, hakte Mandy nach. »Was ist das?«

»Ein ganz spezieller Fall, mit dem wir uns gerade he-

rumschlagen.« Kim erklärte Mandy schnell, worum es dabei ging.
»Vier Wochen ohne Jungs?«, rief Mandy. »Wie schrecklich!«
Doch bevor sie weitere Rauchzeichen interpretieren konnten, warf Mandy zufällig einen Blick zur Uhr an der Wand und schrie auf. »*Oh no*! So spät schon! Ich muss los, bin gleich verabredet.«
»Etwa noch ein Verehrer?«, witzelte Marie.
Mandy schüttelte den Kopf. »Nein, eine Stadtführung mit den anderen Austauschschülern.«
»Die Organisation, mit der Mandy nach Deutschland gekommen ist, bietet ein umfangreiches Freizeitprogramm für die Schüler an«, erklärte Kim.
Mandy war inzwischen in ihre Jacke geschlüpft. »Sorry, aber ich muss mich beeilen. *See you later, girls!*«
Nachdem Mandy aus dem Café gestürzt war, zündete Marie die Kerze auf dem Tisch wieder an. »Auf zur nächsten Runde?«
Aber es kam schon wieder etwas dazwischen. Diesmal waren es drei Kinder, die unter lautstarkem Gepolter und Geschrei ins *Lomo* stürmten. Hinter der Rasselbande betrat noch jemand das Café. Die drei !!! machten große Augen.
»Das gibt's doch nicht!«, entfuhr es Kim.

Vorsicht, Weihnachtsmann!

Die Person, die mit den Kindern ins *Café Lomo* gekommen war, trug ein Weihnachtsmannkostüm! Natürlich war die Wahrscheinlichkeit, dass sich Dr. Bramlage dahinter verbarg, verschwindend gering. Die drei !!! tippten eher darauf, dass der Besitzer des Cafés einen Weihnachtsmann bestellt hatte, um den jüngeren Gästen eine kleine Freude zu machen. Trotzdem wollten sie die Hoffnung nicht gleich aufgeben.

»Körpergröße und Figur würden ungefähr passen«, überlegte Franzi. »Die runde Brille auch. Aber ist er es wirklich?«

Kim war felsenfest überzeugt: »Hundertprozentig! Das ist Dr. Bramlage.« Mit ihrem scharfen detektivischen Blick hatte sie ein entscheidendes Detail entdeckt: Unter den weiten Ärmeln des Weihnachtsmannmantels blitzten zwei silberne Manschettenknöpfe hervor. Kim gab ihre Beobachtung rasch an Marie und Franzi weiter.

»Du hast recht«, flüsterte Marie beeindruckt. »Ich hab eine Idee ...«

Die Rasselbande, die offensichtlich zu Dr. Bramlage gehörte, bestand aus zwei Mädchen im Grundschulalter und einem etwa fünfjährigen Jungen. Die Mädchen hörten irgendwann auf, Lärm zu machen, und setzten sich brav mit dem Weihnachtsmann an einen Tisch. Doch der Junge hatte Hummeln im Hintern. Johlend rannte er im Café zwischen den Tischen herum.

Marie wartete, bis er an der Sofaecke der drei !!! vorbeidüste. Dann schnappte sie sich den Racker an der Kapuze seines Pullis und rief: »Hallo, großer Mann! Du kannst ja toll rennen. Hat dir das der Weihnachtsmann beigebracht?«

»Nö!«, sagte der Junge. »Opa ist eine lahme Ente.«

Kim lächelte. »Aha! Der Weihnachtsmann ist also dein Opa?«

Der Junge verdrehte die Augen. »Klaro. Das weiß doch jeder.«

»Konstantin, kommst du?«, rief der Weihnachtsmann. »Es gibt Stollen und Lebkuchenmuffins.«

Die drei !!! nahmen Konstantin in die Mitte. Er streckte ihnen bereitwillig seine schmutzigen Händchen hin und ließ sich von ihnen zu seinem Opa bringen.

Erst als sie direkt vor dem Tisch standen, erkannte der Kunstexperte Dr. Bramlage die Detektivinnen. Im Gegensatz zu seinem unhöflichen Empfang im Museum schien er diesmal erfreut zu sein, sie zu sehen. »Danke, dass ihr meinen kleinen Wirbelwind eingefangen habt!« Er hob seinen Enkel hoch und setzte ihn auf den letzten freien Stuhl.

Konstantin nahm sich sofort einen Lebkuchenmuffin vom Teller und mampfte los. Die Mädchen pulten konzentriert sämtliche Rosinen aus ihren Stollen.

»Gern geschehen«, sagte Franzi und suchte in den Augen des Kunstexperten nach Zeichen von Schuldbewusstsein oder Angst. Sie fand keine. Entweder Dr. Bramlage verstellte sich sehr geschickt oder er war sich

keiner Schuld bewusst, obwohl er die Marienfigur gestohlen hatte.
»Opa, wer ist das?«, wollte das ältere Mädchen wissen.
»Offen gestanden, weiß ich nicht mal ihre Namen, Jana.« Dr. Bramlage zwirbelte an den Enden seines aufgeklebten weißen Schnurrbarts. »Aber die drei sind sehr nett zu mir gewesen. Sie haben einen Manschettenknopf gefunden, den Opa verloren hatte.«
»Ich bin Marie und das sind meine Freundinnen Kim und Franzi«, sagte Marie, während sie überlegte, wie sie möglichst geschickt das Gespräch auf den Diebstahl lenken könnte.
Als ob er ihre Gedanken erraten hätte, machte Dr. Bramlage auf einmal ein zerknirschtes Gesicht. »Und das sind meine Enkelkinder Konstantin, Jana und Lea. Ich muss mich übrigens bei euch entschuldigen. Normalerweise bin ich nicht so unfreundlich. Ihr habt mich bei unserem letzten Zusammentreffen nur in einem ziemlich ungünstigen Moment erwischt. Ich war sehr angespannt, weil das Museum einen vorübergehenden finanziellen Engpass hatte und mir deshalb ein unangenehmes Telefonat mit dem Vorsitzenden des Museumsfördervereins bevorstand. Der Engpass hat sich glücklicherweise inzwischen aufgelöst, weil ich ein wertvolles Exponat an ein anderes Museum verkaufen konnte.«
»Tatsächlich?« Kim brauchte eine Weile, bis sie die überraschende Wendung verarbeitet hatte. »Das heißt, Sie haben privat gar keine Schulden?«

Dr. Bramlage lachte belustigt. »Schulden, ich? Nein, nein. Wie kommt ihr denn darauf?«
Die drei !!! sahen sich perplex an. Hatte der Experte die Marienfigur gar nicht gestohlen? War er unschuldig?
Lea, die ihren Stollen aufgegessen hatte, quengelte: »Opa, mir ist langweilig! Ich will spielen.«
»Gleich, Schatz«, sagte Dr. Bramlage. Dann drehte er sich wieder zu den Detektivinnen um. »Meine Enkel und ich, wir haben in der Adventszeit unser kleines Weihnachtsmannritual. Normalerweise spielen wir zu Hause, aber heute wurden wir vertrieben.«
»Mama hat uns rausgeworfen«, krähte Konstantin, »weil wir eine Kissenschlacht gemacht haben.«
Jana kicherte. »Ein Sofakissen ist aufgeplatzt. Das hat toll geschneit!«
Franzis Gehirnzellen arbeiteten auf Hochtouren. Dann rückte sie mit der Frage nach dem Alibi heraus: »Wissen Sie noch, ob Sie auch letzten Samstagabend mit Ihren Enkelkindern gespielt haben?«
Dr. Bramlage nestelte nachdenklich an seiner Brille. »Hm … wartet mal. Ja, letzten Samstag war ich den ganzen Nachmittag und Abend bei meiner Tochter und den Enkelkindern. Warum?«
»Ach, nur so«, behauptete Franzi.
Die drei !!! schwankten zwischen Erleichterung und Enttäuschung. Erleichtert waren sie, weil sie nun endgültige Gewissheit hatten, dass Dr. Bramlage unschuldig war. Und enttäuscht waren sie darüber, dass der

Täter immer noch frei herumlief und sie mit ihren Ermittlungen wieder ganz neu ansetzen mussten.

»Opa, Opa!« Konstantin, Lea und Jana zerrten jetzt zu dritt an Dr. Bramlage. »Wir wollen spielen!«

Der Kunstexperte lächelte entschuldigend. »Tut mir leid, ich kann meine Enkel nicht länger warten lassen.« Er verschwand mit seiner Rasselbande im Nebenzimmer, das seit Neuestem nicht nur mit einem Kickertisch, sondern auch mit einer Spielecke für Kinder ausgestattet war. Konstantin knallte die Tür zu. Danach reduzierte sich der Lärmpegel auf ein erträgliches Maß.

Kim, Franzi und Marie kehrten zu ihrer Sofaecke zurück und bestellten eine zweite Runde *Kakao Spezial*.

»Im Grunde hab ich es immer schon geahnt, dass Dr. Bramlage nicht in den Diebstahl verwickelt ist«, sagte Marie. »Er ist viel zu harmlos, genau wie seine Fernsehsendung.«

Kim löffelte seufzend den Milchschaum von ihrem Kakao. »Unsere neue Hauptverdächtige ist also Iris Gerold. Sie ist so fixiert auf die Marienfigur, ihr traue ich so was zu. Ab sofort konzentrieren wir uns voll und ganz auf sie.«

»Genau«, sagte Franzi. »Jona dürfen wir aber neben unserem Fall auch nicht vergessen. Ich finde, wir sollten ihn im Krankenhaus besuchen.«

Marie stellte energisch ihre Tasse ab. »Unbedingt! Er freut sich bestimmt über ein bisschen Gesellschaft. Und wenn es ihm doch zu viel wird, können wir ja wieder gehen.« Marie betrachtete versonnen die Tischdekoration, die aus einem Lebkuchenherz, der Kerze und einem Tannenzweig bestand. »Wir könnten ihm ein süßes Lebkuchenherz mitbringen. Ohne Hintergedanken natürlich ...«

»Mariiee!«, rief Kim und Franzi entschied mit einem breiten Grinsen: »Dafür musst du ein paar Euro in die Clubkasse werfen.«

Marie stöhnte. »Ihr seid gemein! Okay, lasst uns das Thema wechseln. Was haltet ihr davon, wenn wir jetzt endlich das Kerzenorakel befragen? Zwei Fragen stehen noch aus: ob die Marienfigur noch in der Stadt ist und wie es mit unserem No-Jungs-Fall weitergeht.«

Doch das Schicksal hatte andere Pläne. Es schickte das nächste unmissverständliche Zeichen, dass die Detektivinnen in der Gegenwart bleiben sollten, statt im Nebel der Zukunft herumzustochern.

Konstantin riss die Tür zum Nebenzimmer auf und brüllte: »Kim, Franzi, Marie! Opa will mit uns allen ein Weihnachtslied singen.«

»Äh ... das stimmt so nicht ganz.« Dr. Bramlage kratzte verlegen an seinem Bart. »Hier sind so viele Leute und ...«

Alles Sträuben half nichts. Er wurde gnadenlos von seinen Enkeln überstimmt, die ihn zur Sofaecke der drei !!! hinüberlotsten. Jana wollte unbedingt *Kling, Glöckchen, klingelingeling* singen.

»Na gut.« Dr. Bramlage holte tief Luft.

Als die ersten Töne aus seinem Mund kamen, überlegten die drei !!! ernsthaft, ob sie die Musik-Polizei holen sollten. Der Kunstexperte musste doch noch verhaftet werden!

Clubtreffen mit Schneeballschlacht

»Kling, Glöckchen, klingelingeling …«, schmetterte Dr. Bramlage. Er sang sehr laut – und furchtbar schief! Die drei !!! starrten ihn mit offenen Mündern an.
»Du meine Güte!«, zischte Marie. »Der kann ja keinen einzigen Ton halten!«
Franzi verzog das Gesicht. »Das tut richtig in den Ohren weh.«
Konstantin, Lea und Jana sangen voller Begeisterung mit. Sie schien es nicht im Geringsten zu stören, dass ihr Großvater kein begnadeter Sänger war. Die Gespräche der anderen Gäste im Café verstummten, alle lauschten der ungewöhnlichen Gesangsdarbietung. Ein paar Leute hielten sich die Ohren zu.
Ein junger Mann, der Zeitung las, rief sogar ungehalten: »Ruhe da hinten! Das grenzt ja an Körperverletzung!«
»Wir müssen etwas tun«, flüsterte Kim. »Sonst bewerfen die Leute Dr. Bramlage gleich mit Lebkuchen und Zimtsternen.«
»Vielleicht sollten wir ihm einfach einen großen Schokomuffin in den Mund stopfen«, witzelte Franzi.
»Nein, ich weiß etwas Besseres«, sagte Marie.
»Wir singen einfach mit!«
»Was?« Kim riss entsetzt die Augen auf. »Nie im Leben!«

Doch Marie legte bereits los. Ihre Stimme klang so hell und klar wie das Glöckchen, um das es in dem Lied ging. Zögernd fielen auch Franzi und Kim ein. Erst war Kim noch unsicher, aber dann machte ihr das Singen immer mehr Spaß und plötzlich wurde ihr richtig weihnachtlich zumute. Die anderen Gäste ließen sich mitreißen und stimmten ebenfalls ein. Sogar die Bedienungen machten mit!
Zum Schluss war es ein riesiger Chor, der inbrünstig die letzten Zeilen schmetterte: »Kling, Glöckchen, klingelingeling, kling, Glöckchen, kling!«
Als das Lied zu Ende war, klatschten, jubelten und lachten alle. Die Stimmung war super. Auch Dr. Bramlage und seine Enkel strahlten um die Wette.
Kim seufzte glücklich: »Tja, das ist eben Weihnachten!«
Den zweiten Advent verbrachten Kim, Franzi und Marie bei ihren Familien, doch am Montagnachmittag wollten sie mit Volldampf die nächste Ermittlungsrunde starten und bei einer Clubsitzung im Hauptquartier, dem Pferdeschuppen neben Franzis Wohnhaus, das weitere Vorgehen besprechen.
Zunächst fuhr Kim allerdings mit Volldampf in eine Schneewehe, als sie auf ihrem Fahrrad hinter Franzis Haus um die Ecke bog. Das Rad kippte um und Kim landete im feinen Pulverschnee. Es hatte die letzte Nacht und den ganzen Tag geschneit und der winklersche Garten sah aus wie eine romantische Winterlandschaft.
Marie, die dicht hinter Kim fuhr, bremste scharf und kam gerade noch rechtzeitig zum Stehen. »Weiß steht

dir gar nicht schlecht.« Lachend zeigte sie auf Kims schneebedeckte Klamotten.
»Mal sehen, wie dir Weiß steht!« Kim formte blitzschnell einen Schneeball und feuerte ihn auf Marie ab.
»Na warte, das wirst du noch bereuen!« Marie ließ ihr Fahrrad fallen und ging zum Gegenangriff über.
Da kam Franzi aus dem Hauptquartier. »Keine Schneeballschlacht ohne mich!«, rief sie und duckte sich geschickt, um einem Geschoss von Kim auszuweichen.
Bald sausten Schneebälle in alle Richtungen. Kim, Franzi und Marie johlten so laut, dass Franzis sechzehnjährige Schwester Chrissie, die gerade zu einem Date mit ihrem neuen Freund aufbrechen wollte, alarmiert um die Ecke sah. »Was ist denn hier …«, begann sie, bevor ihr mit einem gut gezielten Schneeball der Mund gestopft wurde. Sie spuckte, hustete und lief vor Ärger und Atemnot knallrot an. »Ihr frechen, kleinen Gören, das werdet ihr mir büßen!«
Im Nu formte Chrissie einen ganzen Haufen Schneebälle und feuerte sie auf die drei !!! ab. Das ließen Kim, Franzi und Marie natürlich nicht auf sich sitzen …
Eine Viertelstunde später lagen vier weiß gepuderte Gestalten erschöpft im Schnee. Von der romantischen Schneelandschaft war nicht mehr viel übrig. Stattdessen sah es aus, als hätte in Winklers Garten eine Bombe eingeschlagen.
»Mist, ich komme zu spät zu meinem Date!«, japste Chrissie. Sie sprang auf und verschwand wie der Blitz um die Hausecke.

Kim sah mit verklärtem Blick auf ihre nasse Hose. »Das erinnert mich an diese total romantische Schneeballschlacht damals mit …«

»Stopp!«, riefen Franzi und Marie gleichzeitig.

Kim hörte sie nicht und redete einfach weiter: »Wir haben uns im Schnee gewälzt, bis wir beide klitschnass waren, und dann haben wir uns geküsst.« Sie seufzte wehmütig. »Es war wunderschön …«

»Jetzt reicht's aber!«, schimpfte Franzi. »So lösen wir den No-Jungs-Fall nie!«

Kim tauchte wieder aus ihren Erinnerungen auf. »Tut mir leid«, sagte sie zerknirscht. »Es ist einfach mit mir durchgegangen. Wird nicht wieder vorkommen!«

Marie grinste. »Wenigstens bin ich jetzt nicht mehr die Einzige, die ein ordentliches Sümmchen in die Clubkasse einzahlen muss.«

»Was machen wir eigentlich mit dem Geld?«, fragte Franzi.

»Wir könnten shoppen gehen«, schlug Marie vor. »Oder in einem edlen Restaurant so richtig schlemmen.«

»Dafür reicht das Geld bestimmt nicht«, erwiderte Franzi. »Wie wär's mit einem gemütlichen Kinobesuch?«

Kim musste niesen und rappelte sich schwerfällig hoch. »Lasst uns lieber reingehen, sonst liegen wir an Weihnachten alle mit Lungenentzündung im Bett. Dann wird es nichts mit Shopping, Schlemmen im Restaurant oder Kino.«

Im Hauptquartier war es angenehm warm. Der Bollerofen in der Ecke arbeitete auf Hochtouren, außerdem hatte Franzi zwei Kerzen auf dem Adventskranz angezündet und den Tisch gedeckt.

»Kirschkuchen, lecker!«, rief Kim begeistert. »Von deiner Mutter?«

Franzi nickte. »Das ist ihr spezieller Weihnachtskirschkuchen. Esst, so viel ihr mögt.«

Nachdem die Mädchen ihre nassen Jacken ausgezogen hatten, setzten sie sich, um sich nach der anstrengenden Schneeballschlacht mit Kuchen und heißem Tee zu stärken.

»Ich habe heute übrigens meine Englischarbeit zurückbekommen«, erzählte Kim mit vollem Mund.

»Und?«, fragte Franzi gespannt.

»Eine glatte Eins!« Kim grinste stolz. »Jetzt kann meine Mutter endlich nicht mehr meckern.«

»Glückwunsch!«, sagte Marie. »Dann haben sich die Konversationsstunden mit Mandy also ausgezahlt.«

»Sieht ganz so aus. Der Kuchen ist übrigens eine Wucht!« Kim nahm sich noch ein Stück. »Aber nun zu unserem Fall. Wir müssen unbedingt mehr über unsere neue Hauptverdächtige Iris Gerold herausfinden.«

»Wie wär's mit einer kleinen Internetrecherche?« Marie holte den Laptop und fuhr ihn hoch. »Seht mal, Iris Gerold hat eine eigene Website!« Marie öffnete die Seite, auf der ein großformatiges Foto der Marienfigur den Besucher anlächelte. »Sie scheint ihre Seite mehr oder weniger der Marienfigur gewidmet zu haben.« Marie runzelte nachdenklich die Stirn.

»Lass sehen.« Kim drehte den Laptop so, dass sie einen Blick auf den Bildschirm werfen konnte. »Klick mal die Rubrik ›Offene Briefe‹ an, vielleicht bringt uns die weiter.«
Marie ging auf das Briefsymbol und wurde ganz aufgeregt. »Ein offener Brief an den Bürgermeister und den Pfarrer der Stadtkirche!« Sie überflog den Text. »Das gibt's doch nicht, hört euch das an: ›Die Marienfigur gehört seit Jahrhunderten meiner Familie. Dass die Kirche sie sich jetzt widerrechtlich unter den Nagel gerissen hat, ist ein dreistes Verbrechen. Alle, die daran beteiligt sind, gehören ins Gefängnis!‹«
»Das klingt ja richtig fanatisch«, sagte Franzi.
Kim nickte. »Finde ich auch. Gut möglich, dass sich Iris Gerold die kostbare Figur, die ja aus ihrer Sicht sowieso der Familie gehört, zurückgeholt hat.«
»Aber wo könnte sie die Figur versteckt haben?«, überlegte Marie.
»In der Werkstatt oder in ihrer Wohnung sicher nicht«, sagte Kim. »Dort wäre sie viel zu leicht zu finden.«
»Wir sollten Iris Gerold beschatten«, schlug Franzi vor. »Früher oder später führt sie uns garantiert zu der gestohlenen Statue.«
Bevor sie die Details der Beschattung besprechen konnten, klingelte Kims Handy.
»Moment mal, das ist Mandy«, entschuldigte sich Kim. »Hallo Mandy, was ist los? … Waaas?«, rief sie ungläubig. »Das darf doch nicht wahr sein!«

Eine alte Bekannte

Kim lauschte mindestens fünf Minuten den Neuigkeiten, die Mandy ihr zu erzählen hatte. Es schien ein ganzer Roman zu sein. Marie und Franzi konnten nur einzelne Wortfetzen verstehen und wurden immer neugieriger.

Als Kim endlich auflegte, fragte Marie ungeduldig: »Was ist passiert? Ist Mandy noch mal zum Eine-Welt-Stand gegangen?«

Kim schüttelte den Kopf. »Nein. Stellt euch vor, sie ist Tim ganz zufällig begegnet!«

»Es gibt keine Zufälle!«, warf Marie sofort ein. »Das war Schicksal. Die Lebenswege von Mandy und Tim mussten sich kreuzen. Das war vorherbestimmt und ich hab es die ganze Zeit schon gespürt.«

Franzi tippte sich mit dem Zeigefinger an die Stirn. »Und ich spüre gerade in meinem linken großen Zeh, dass du wieder mal viel zu viel quatschst. Lass Kim doch erst mal ausreden. Erzähl, wo hat Mandy Tim getroffen?«

»Bei einem Schneespaziergang«, sagte Kim. »Mandy war heute nach dem Mittagessen im Stadtpark unterwegs, um sich ein bisschen die Beine zu vertreten. Sie ist über die verschneiten Kieswege gelaufen und am Ententeich vorbeigekommen. Und ratet mal, wer am Teich stand?«

»Tim!«, entfuhr es Marie. »Was hat Mandy dann ge-

macht? Hat sie sich noch mal in den Schnee fallen lassen? Oder einen meiner anderen Flirttipps ausprobiert?«
Kim lachte. »Nein. Es lief alles völlig ohne Strategie ab. Die beiden kamen locker ins Gespräch und haben sich auf Anhieb total gut verstanden. Dann wurde es richtig romantisch: Mandy hatte ihre Handschuhe vergessen. Tim hat irgendwann gemerkt, dass ihr kalt wurde, und hat ihr seine Handschuhe geliehen. Er hat sie ihr angezogen und dabei viel länger gebraucht, als eigentlich nötig gewesen wäre.«
»Wie süß!«, seufzte Franzi. An ihrem Gesichtsausdruck konnte Kim deutlich erkennen, dass sie sich in eigenen Erinnerungen verlor. Aber da Franzi nichts sagte, musste sie auch nichts in die Clubkasse einzahlen.
Kim berichtete weiter: »Kurz darauf haben sich die beiden verabschiedet. Mandy hat sich überglücklich auf den Heimweg gemacht, den Kopf voller rosaroter Träume. Erst als sie vor unserer Haustür stand, fiel ihr siedend heiß ein, dass sie einen Riesenfehler gemacht hatte. Sie hat Tim nicht nach seiner Handynummer gefragt.«
»Oh nein!«, stöhnte Marie. Sie hatte schon vielen Mädchen Flirttipps gegeben und war stolz auf ihre hohe Erfolgsquote. Bei Mandy hatte sie sich ganz besondere Mühe gegeben, aber die Amerikanerin machte es ihr wirklich nicht leicht.
Auch Franzi konnte es nicht glauben.
»So was vergisst man doch nicht!«
Marie zog ihr Handy aus der Hosentasche. »Ich schicke

Mandy jetzt sofort eine SMS. Sie muss heute noch bei Tim auf dem Weihnachtsmarkt vorbeischauen. Wenn sie es nicht tut, werde ich echt sauer.« Und schon flogen Maries brombeerfarben lackierte Fingernägel über den Touchscreen.

Hi Mandy,
nimm dein Glück selbst in die Hand, geh zum Eine-Welt-Stand!
Ja, jetzt gleich!! Und sag zu Tim: »Hey, I think you need a girlfriend.«
LG, Marie

Mandys Antwort ließ nicht lange auf sich warten.

Hi Marie,
danke dir, du bist soooo lieb zu mir! Ich werde zum Stand gehen. Muss nur vorher noch schnell Ben und Lukas abhören. Die Jungs können ihren Text immer noch nicht.
GLG, Mandy

Marie zeigte Kim und Franzi die SMS, dann steckte sie kopfschüttelnd ihr Handy weg. »Das ist wieder typisch Mandy! Immer denkt sie zuerst an die anderen und erst ganz am Schluss an sich selbst.«
»Also, ich finde, das macht sie sehr sympathisch.« Kim fiel plötzlich wieder ihre erste Begegnung mit Mandy am Flughafen ein. Wenn ihr damals jemand gesagt hätte, dass sie einmal die schrille, unmögliche Aus-

tauschschülerin verteidigen würde, hätte sie denjenigen für verrückt erklärt.
Marie legte schützend ihre Hände um die flackernden Kerzen des Adventskranzes. »Ich wünsche ihr auf jeden Fall alles Glück der Welt. Mandy und Tim gehören zusammen. Das ist so sicher wie die Tatsache, dass Heiligabend jedes Jahr auf den 24. Dezember fällt. Das Kerzenorakel ist in Erfüllung gegangen!«

Zwei Tage später ging Marie wie auf rohen Eiern zum Treffpunkt, den sie mit Kim und Franzi vereinbart hatte. Das Schreibwarengeschäft gegenüber der Werkstatt von Iris und Marietta Gerold lag nur eine Viertelstunde Fußweg von ihrem Zuhause entfernt, aber da sich die Gehsteige über Nacht in spiegelglatte Flächen verwandelt hatten, brauchte sie doppelt so lange für die Strecke. Als Marie endlich vor dem Schreibwarengeschäft ankam, hatte sie vor lauter Anstrengung Schweißperlen auf der Stirn.
»Da bist du ja!«, wurde sie fröhlich von Kim begrüßt. Ihr schien das Glatteis überhaupt nichts auszumachen. Genauso gelassen hatte sie es hingenommen, dass die Detektivinnen zweimal umsonst vor der Werkstatt der Gerold-Schwestern gestanden hatten. Vorgestern und gestern war der Laden wegen Heizungsreparaturen geschlossen gewesen.
Franzi zeigte grinsend auf Maries Schuhwerk. »Sehr vernünftig, dass du deine geliebten Stöckelschuhe diesmal zu Hause gelassen hast.«

»Das Opfer hab ich nur wegen euch gebracht«, betonte Marie und setzte eine Leidensmiene auf. »Die groben Stiefel passen eigentlich überhaupt nicht zu meinem eleganten Blazermantel.«

Kim zog einen Zettel aus der Innentasche ihrer Winterjacke. »Ich hab mir aus dem Internet Beschattungstipps bei Glatteis geholt. Die werden wir heute gut gebrauchen können. Erstens: Steckt eure Hände nicht in die Taschen, damit ihr das Gleichgewicht besser halten und einen Sturz abfangen könnt. Zweitens: Tretet nicht hart auf die Fersen auf und geht leicht nach vorne gebeugt. Drittens ...«

Marie und Franzi sollten erst später erfahren, was als dritter Punkt auf Kims Liste stand. Franzi zischte leise: »Pssst! Zielobjekt in Sicht.«

»Bis morgen, Marietta!«, hörten sie Iris Gerold rufen. »Ich mach noch schnell ein paar Weihnachtseinkäufe und gehe dann nach Hause.« Sie zog die Ladentür hinter sich zu und überquerte die Straße. Ausgerechnet zum Schreibwarenladen musste sie gehen!

Vor Schreck wäre Marie beinahe ausgerutscht. Im letzten Moment gewann sie das Gleichgewicht wieder, indem sie ihre Arme ausstreckte. Die drei !!! schlidderten um die nächste Ecke, versteckten sich in einem Hauseingang und warteten.

Wenige Minuten später kam Iris Gerold mit einer Rolle Geschenkpapier wieder heraus und machte sich auf den Weg in Richtung Innenstadt. In der Fußgängerzone erledigte sie ein paar Besorgungen in Geschenkeläden.

Zum Glück war sie so damit beschäftigt, nicht auszurutschen, dass sie nicht bemerkte, dass sie beschattet wurde. Im Gedränge eines Ladens gelang es Kim sogar, der Holzschnitzerin unbemerkt einen Reflektor-Smiley auf die Jacke zu kleben, um sie auch später in der Dunkelheit verfolgen zu können.

Kurz darauf verschwand Iris Gerold in einer Seitenstraße und klingelte bei einem Haus aus den Siebzigerjahren. Die Bewohnerin hatte sie bereits erwartet und kam im schwarzen Mantel heraus.

»Das ist doch die alte Frau aus der Kirche, die uns von den Wunderkräften der Marienfigur erzählt hat!«, rief Marie verblüfft.

Auf die erste Überraschung folgte eine zweite. »Mama«, sagte Iris zu der alten Frau, »ich möchte dir was zeigen. Etwas Wunderschönes, das du dir schon lange gewünscht hast.«

»Aber du musst mir doch nichts schenken, Liebes!«, wehrte ihre Mutter lächelnd ab. Die Worte widersprachen dem hoffnungsvollen Ausdruck in ihrem runzligen Gesicht. Dankbar stützte sie sich auf den Arm ihrer Tochter und ließ sich von ihr übers Glatteis helfen.

»Etwas Wunderschönes«, kombinierte Franzi. »Das kann nur die Marienfigur sein!«

Die drei !!! folgten den beiden Frauen. Sie entfernten sich ein Stück vom Zentrum, bogen in einen ruhigen Platz ein und gingen langsam auf ein verwittertes Tor zu, hinter dem alte Buchen ihre kahlen Zweige zum Himmel streckten. Der gelbe Reflektor auf Iris Gerolds

Jacke leuchtete wie ein Warnsignal in der anbrechenden Dämmerung.
Kims Nackenhaare stellten sich auf. Sie kannte den unheimlichen Ort. Iris Gerold und ihre Mutter wollten zum alten Friedhof!

Ermittlungen zwischen Gräbern

Die Sonne war längst untergegangen, als die drei !!! durch das verwitterte Tor traten. Der Friedhof war menschenleer und der Schnee auf den Gräbern schimmerte hell in der Dämmerung. Hier und da flackerten rote Grablichter.

Kim zog die Schultern hoch. »Ich könnte mir wirklich etwas Schöneres vorstellen, als um diese Uhrzeit über einen Friedhof zu stapfen. Was will Iris Gerold hier bloß?«

»Vielleicht hat sie die Marienfigur ja irgendwo zwischen den Gräbern versteckt.« Franzi sah sich nervös um, als fürchtete sie, jeden Moment könnte der Geist eines Toten hinter einem Grabstein auftauchen.

»Mist!« Marie rutschte trotz ihrer Stiefel aus und wäre fast hingefallen. Im letzten Augenblick konnte sie sich an Kims Arm festklammern. »Der Weg ist wirklich verdammt glatt.«

»Dagegen lässt sich etwas tun!« Mit einem triumphierenden Lächeln zog Kim einen kleinen Stoffbeutel aus ihrer Jackentasche und holte eine Handvoll Sand heraus, die sie großzügig auf dem Weg vor ihnen verstreute.

Franzi pfiff durch die Zähne. »Wow, wie bist du denn auf diese Idee gekommen?«

»Dritter Beschattungstipp bei Glatteis«, verkündete Kim. »Hab immer ein bisschen Sand für glatte Wege dabei!«

»Super!« Marie ließ Kims Arm los und grinste erleich-

tert. »Wir müssen uns beeilen! Sonst verlieren wir die Verdächtigen noch aus den Augen.«
Iris Gerold und ihre Mutter waren bereits weitergegangen und zwischen den Gräbern verschwunden. Jetzt zeigte sich, wie hilfreich der Reflektor war. Seine Leuchtkraft war so stark, dass die drei !!! ihre Zielperson schnell ausfindig machen konnten, nachdem Franzi kurz ihre Taschenlampe hatte aufblitzen lassen. Auf dem Friedhof war es totenstill, der Schnee schien jedes Geräusch zu schlucken. Nur der Sand, der aus Kims Hand auf den Weg rieselte, und die vorsichtigen Schritte der Detektivinnen waren zu hören.
Kim versuchte, nicht nach rechts und links zu schauen, wo die Grabsteine wie kantige Ungeheuer aus der Dunkelheit aufragten. Ein Engel aus Stein mit segnend erhobenen Händen lächelte ihnen sanft zu. Irgendwo klatschte nasser Schnee von einem Zweig auf die Erde. Kim zuckte zusammen. Ihre Hand, die gerade eine neue Portion Sand aus dem Säckchen holte, zitterte leicht. Ärgerlich schüttelte Kim den Kopf. Wovor hatte sie eigentlich Angst? Auf einem Friedhof brauchte man sich nun wirklich nicht zu fürchten. Trotzdem konnte Kim nicht verhindern, dass sie an sämtliche Schauermärchen von Zombies, Untoten und Skeletten denken musste. Was, wenn sie gleich einem Zombie gegenüberstanden?
Als Franzi Kim plötzlich mit dem Ellbogen in die Seite stieß, hätte Kim beinahe laut aufgeschrien. »Was ist denn?«, zischte sie.

»Da sind sie!« Franzi nickte zu einem Grab am Ende des Weges hinüber, vor dem Iris Gerold und ihre Mutter stehen geblieben waren. Statt eines Steins schmückte es ein großes Holzkreuz. Iris holte eine Taschenlampe hervor und knipste sie an. Die drei !!! duckten sich hinter einen verwitterten Grabstein, um nicht entdeckt zu werden, und lauschten gespannt, als die Holzschnitzerin zu sprechen begann. Würde sie ihrer Mutter – und ihnen – jetzt endlich das Versteck der Marienfigur verraten?

»Dies ist meine Überraschung für dich.« In Iris' Stimme schwang Stolz mit. Sie richtete den Strahl der Taschenlampe direkt auf das Kreuz, das voller aufwendig geschnitzter Verzierungen war. »Ich habe das Holzkreuz nach einem antiken Vorbild selbst geschnitzt. Es war harte Arbeit, aber für Vaters Grab war mir keine Mühe zu viel. Es ist mein Abschiedsgeschenk an ihn.«

»Das Kreuz ist wunderschön.« Die alte Frau Gerold drückte dankbar den Arm ihrer Tochter. Ihre Stimme zitterte vor Rührung. »Vater wäre stolz auf dich gewesen. Und ich bin es auch.« Sie seufzte. »Er fehlt mir so. Wie soll ich es schaffen, ohne ihn weiterzuleben?«

»Mama, du darfst dich nicht aufgeben«, sagte Iris beschwörend. »Du hast doch noch uns, Marietta und mich.«

»Das stimmt.« Frau Gerold fuhr sich mit der Hand über die Augen. »Ich wünschte nur, die Marienfigur wäre nicht gestohlen worden. Es würde mir so viel Trost spenden, sie zu berühren.«

Iris seufzte. Die alte Frau sprach weiter: »Warum wurde die Figur nicht etwas eher entdeckt, als Vater noch lebte? Die Maria hätte seine Krankheit vielleicht geheilt, wenn er sie berührt hätte. Dann wäre er jetzt noch bei uns und könnte zusammen mit seiner Familie Weihnachten feiern, statt in der kalten Erde zu liegen …« Sie begann jetzt hemmungslos zu weinen.
Iris umarmte ihre Mutter. »Sein Tod war für uns alle ein Schock«, sagte sie mit rauer Stimme. »Aber ich glaube nicht, dass die Marienfigur etwas gegen seine Krankheit hätte ausrichten können. Das ist doch nur ein alter Aberglaube.«
In dem Moment merkte Kim, die in einer ziemlich unbequemen Stellung hinter dem Grabstein hockte, dass ihr Fuß eingeschlafen war. Als sie vorsichtig aufstehen wollte, rutschte sie aus und knallte mit der Schulter gegen den harten Stein. »Autsch!«, entfuhr es ihr.
Iris Gerold und ihre Mutter drehten sich um. »Ist da jemand?«, rief Iris. Der Lichtschein ihrer Taschenlampe hüpfte über die Gräber und erfasste Kim, die sich aufrappelte und den Schnee von der Hose klopfte. Auch Marie und Franzi kamen zögernd aus ihrem Versteck.
»Was macht ihr da?«, fragte die Holzschnitzerin scharf. Dann erkannte sie die Mädchen. »He, ihr wart doch neulich bei uns im Laden. Spioniert ihr mir etwa nach?«
»Nein, natürlich nicht«, versicherte Kim schnell. »Wir wollten Sie auch nicht in Ihrer Trauer stören. Wir sind nur … also … wir …« Kim fiel auf die Schnelle keine passende Ausrede ein.

Zum Glück schaltete Franzi blitzschnell. »Wir wollten nur nachsehen, ob die Kerze auf dem Grab unseres Großvaters noch brennt. Unserer Oma ist das immer furchtbar wichtig.« Sie zeigte auf ein flackerndes Grablicht. »Alles in Ordnung, ein Glück!«
»Und jetzt müssen wir nach Hause«, fügte Marie hinzu. »Sonst kommen wir zu spät zum Abendessen. Auf Wiedersehen!«
Die beiden Frauen machten verdutzte Gesichter. Schnell kehrten die Detektivinnen zum Friedhofstor zurück.
Kim atmete auf, als sie wieder auf der beleuchteten Straße standen. »Puh, das war knapp! Danke für euren spontanen Einsatz.« Sie lächelte ihre Freundinnen an. »Tut mir leid, dass unsere Tarnung meinetwegen aufgeflogen ist.«
Franzi winkte großzügig ab. »Ach was, jeder kann mal Pech haben.«
Marie schien mit ihren Gedanken ganz woanders zu sein. »Arme Frau Gerold! Sie kann einem wirklich leidtun. Der Tod ihres Mannes hat sie ganz schön mitgenommen. Kein Wunder, dass sie in der Kirche bei unserer ersten Begegnung so traurig wirkte.«
Kim steckte ihre eiskalten Hände in die Jackentaschen. »Iris Gerold ist jedenfalls nicht die Täterin. Wenn sie die Marienfigur gestohlen hätte, hätte sie es ihrer Mutter garantiert gesagt, um sie zu trösten.«
Franzi seufzte. »Das heißt, auch diese Spur endet in einer Sackgasse.«
»Verflixt!« Kim schüttelte ärgerlich den Kopf. »Jetzt ste-

hen wir mit unseren Ermittlungen wieder am Anfang. Ob wir diesen vertrackten Fall überhaupt jemals lösen werden?«

Daraufhin herrschte frustriertes Schweigen. Weder Franzi noch Marie konnten diese Frage beantworten.

Geheimes Tagebuch von Kim Jülich
Mittwoch, 19:31 Uhr

Wer meine privaten Einträge liest, der bekommt bis an sein Lebensende kein einziges Weihnachtsgeschenk mehr. Dafür werde ich sorgen – und wenn ich dem Weihnachtsmann persönlich einen Besuch abstatten muss!

Zurzeit läuft einfach alles schief! Mit dem Fall geht es nicht voran und Mandys Liebesglück ist in weite Ferne gerückt. Nach der superromantischen Begegnung mit Tim wollte Mandy ihn auf dem Weihnachtsmarkt besuchen, aber sie hatte Pech. Er arbeitet nämlich nicht mehr am Eine-Welt-Stand! Sein Nachfolger, ein pickeliger Typ mit Hornbrille, hatte leider keine Ahnung, wie man Tim erreichen kann. Die arme Mandy ist total verzweifelt. Ich verstehe sie so gut. Ob sie ihre große Liebe jemals wiederfinden wird?

Personenkontrolle

Am Samstag des dritten Adventswochenendes machte Kim einen Mittagsschlaf. Das hatte sie das letzte Mal getan, als sie vier Jahre alt gewesen war. Aber es half nichts: Bei der Beschattung auf dem eiskalten Friedhof hatte sie sich eine fiese Erkältung geholt. Seither quälte sie sich mit Schnupfen herum und fühlte sich schlapp wie ein nasses Handtuch.

Kim hatte vielleicht zehn Minuten friedlich vor sich hin gedöst, als plötzlich jemand leise an ihrer Zimmertür klopfte und sie aus ihrem leichten Schlaf hochschreckte.

»Kim, dürfen wir reinkommen?« – »Dauert auch nur ganz kurz.«

Die Stimmen von Ben und Lukas klangen ausgesprochen höflich und nett. Entweder war etwas richtig Schlimmes passiert oder sie wollten an Kims Computer ein neues Spiel ausprobieren. Kim richtete sich stöhnend im Bett auf. »Was ist denn?«

Die Zwillingsbrüder kamen mit ihren Basecaps herein. Als Kim ihre stillen, betretenen Gesichter sah, erschrak sie. »Was ist los?«

Ben druckste verlegen herum: »Wir brauchen deine Hilfe. Wir schaffen das einfach nicht.«

So niedergeschlagen hatte Kim ihre Brüder selten erlebt. »Was schafft ihr nicht?«, hakte sie nach. Dann wurde sie von einem heftigen Niesanfall überrascht. »Hatschi, hatschi, hatschi!« Kim griff nach der Box mit

Papiertaschentüchern auf ihrem Nachttisch. Vom vielen Schnäuzen war ihre arme Nase schon ganz rot und wund.

Endlich rückte Lukas mit der Wahrheit heraus: »Frau Seitz sagt, wenn wir unseren Text bei der nächsten Probe nicht fehlerfrei können, verlieren wir unsere Rollen!«

Ben ballte wütend die Fäuste.

»Stell dir vor, sie hat schon Ersatz für uns! Tristan und Akim büffeln seit einer Woche wie die Bekloppten.«

Kim konnte sich ein Grinsen nicht verkneifen. Schließlich waren Ben und Lukas nicht ganz unschuldig an der Situation. Trotzdem taten ihr die Zwillinge leid. Lernen war auch nicht gerade eine ihrer Lieblingsbeschäftigungen.

»Das ist ja schrecklich!«, sagte sie deshalb. »Und wann ist eure nächste Probe?«

Ben starrte auf das Loch in seinem linken Socken. »Morgen«, murmelte er kaum hörbar.

Kim seufzte. »Ich soll also Feuerwehr spielen und euch retten.«

»Jaaa!«, riefen Ben und Lukas. Sie zerrten an Kims Händen und zogen sie aus dem Bett.

»Danach kannst du auch gleich weiterschlafen.« Lukas gab sich ganz großzügig.

»Hatschi!«, machte Kim und musste als Erstes ihre laufende Nase retten. Danach überlegte sie, welche Lerntechnik sich für ihre Brüder wohl am besten eignete.

»Ah, ich weiß was!«, rief Kim. »Setzt euch mit mir im Kreis auf den Boden. Wo habt ihr die Textblätter? Da

sind sie ja. Gut. Stellt euch vor, ihr geht zum Training in euren Fußballverein.«
Lukas runzelte die Stirn. »Hä? Und was hat das mit Engeln zu tun?«
»Das werdet ihr gleich merken«, sagte Kim geduldig. »Also, auf eurem Weg zum Training gibt es doch sicher Orte, an denen ihr jedes Mal vorbeikommt.«
Ben nickte zögerlich. »Ja, schon: der Zeitschriftenkiosk, die Bushaltestelle, der Spielzeugladen, die Brücke und die große Wiese.«
»Perfekt! Jetzt müsst ihr nur noch wichtige Stichworte aus dem Text mit diesen Stationen verbinden. Beim Kiosk seht ihr auf einer Zeitschrift drei Könige. Über der Bushaltestelle hängt eine Wolke. Die trägt euch zum Spielzeugladen, dem Land aus Tausendundeiner Nacht. Da reist ihr als Engel hin und verkündet den Heiligen Drei Königen die gute Nachricht.«
Lukas strahlte. »Auf der Brücke liegt ein fliegender Teppich. Der bringt die Könige nach Bethlehem.«
Kim klatschte in die Hände. »Bravo! Und genauso macht ihr weiter.«
Die Zwillinge sprangen auf, schnappten sich ihre Textblätter und stürmten jubelnd aus dem Zimmer.
»Vielen Dank, dass du uns geholfen hast!«, rief Kim ihnen nach. »Das war sehr nett von dir, Kim.«
Doch da waren die Zwillinge längst in ihrem Zimmer verschwunden und Kims Mittagsschlaf wurde ersatzlos gestrichen. Sie musste ins Krankenhaus. Heute wollten die drei !!! endlich Jona besuchen. Sie hatten gerade

jede Menge Zeit, weil sie mit ihrem Fall hoffnungslos feststeckten. Damit waren sie übrigens nicht allein. Die Polizei tappte auch im Dunkeln, wie Marie aus den Online-Stadtnachrichten erfahren hatte.

Kim hatte sich so sehr beeilt, dass sie zu früh im Krankenhaus war. Schniefend setzte sie sich in die warme Eingangshalle und beobachtete die Patienten. Ein Mann zog einen Wagen mit einer Infusionsflasche hinter sich her. Eine junge Frau mit Gipsbein humpelte auf Krücken und eine andere Frau hatte einen Kopfverband, unter dem man ein geschwollenes Auge erkennen konnte. Auf einmal fand Kim ihren lästigen Schnupfen gar nicht mehr so schrecklich.

»Hallo, da sind wir! Hast du die Karte?«, fragte Marie.

Kim hatte Franzi und Marie gar nicht kommen sehen. Ihre Freundinnen hatten rote Wangen von der Kälte und brachten einen Schwall frischer Winterluft mit.

»Ja, klar.« Kim zog die Weihnachtskarte, die sie gemeinsam für Jona gebastelt hatten, aus ihrem Rucksack.

Marie lächelte. »Jona freut sich bestimmt darüber. Kommt! Lasst uns in den vierten Stock fahren. Der Pförtner hat gesagt, Jona liegt auf Station IV in Zimmer 412.«

Die drei !!! wollten zum Aufzug gehen, als sie durch einen Tumult im Eingangsbereich aufgehalten wurden. Daniel Konradi legte sich gerade mit dem Pförtner an.

Der war aus seinem Glashäuschen herausgelaufen und zeigte auf die große Sporttasche, die Herr Konradi dabeihatte.
»Es tut mir leid, aber das ist Vorschrift. Ich bin dazu berechtigt, Personenkontrollen durchzuführen. Bitte öffnen Sie die Tasche.«
Jonas Vater schüttelte den Kopf. »Wozu der Aufwand? Da sind doch nur frische Klamotten für meinen Sohn drin.«
»Bitte öffnen Sie die Tasche«, wiederholte der Pförtner ungerührt. »Sonst kann ich Sie nicht ins Krankenhaus lassen.«
»Was soll das Theater?« Herr Konradi regte sich jetzt richtig auf. »Ich komme jeden Tag hierher, um meinen schwer kranken Sohn zu besuchen. Ich möchte sofort zu ihm und ihm seine Sachen bringen!«
Der Pförtner stellte sich ihm breitbeinig in den Weg. »Erst zeigen Sie mir, was in der Tasche ist.«
Daniel Konradi fluchte. Bevor die drei !!! zu ihm laufen konnten, um die Situation zu klären, schulterte er seine Sporttasche, drehte sich um und rauschte zum Ausgang.
»Was ist denn mit dem los?«, wunderte sich Marie.
»Der Arme ist mit den Nerven völlig fertig.« Kim suchte nach einem Taschentuch, weil ihre Nase schon wieder lief. »Mir würde es wahrscheinlich genauso gehen, wenn ich an seiner Stelle wäre.«
Nachdenklich gingen die drei !!! zum Aufzug, fuhren in den vierten Stock und klopften zaghaft bei Zimmer

412. Was würde sie hinter der Tür erwarten? Ein leichenblasser Jona, der gerade erfahren hatte, dass er an einem Hirntumor litt?

»Herein!«, rief Jona. Seine Stimme klang erstaunlich munter und er war gar nicht blass. Aufrecht saß Jona im Bett. Er trug Pulli und Jeans und legte rasch ein Buch weg. »Hallo! Das ist ja eine Überraschung! Schön, euch zu sehen. Endlich bekomme ich mal Besuch.«

»Wir freuen uns auch, dich zu sehen«, sagte Franzi. Kim und Marie überreichten Jona die Weihnachtskarte und fragten, wie es ihm ging.

»Danke, ganz gut.« Jona klang zuversichtlich. »Die Tests sind beendet. Ich habe eben erfahren, dass ich heute schon nach Hause darf. Mein Vater weiß noch gar nichts davon. Die Ergebnisse erfahre ich zwar erst in ein paar Tagen, aber ich mache mir keine großen Sorgen.«

»Dein Vater schon«, rutschte es Marie heraus. Sie erzählte kurz von der Auseinandersetzung mit dem Pförtner.

Jona seufzte. »Er ist leider ziemlich neben der Spur, vertraut den Ärzten nicht und redet wirres Zeug: dass meine Heilung ganz nah ist und so was.«

Die Detektivinnen sahen sich alarmiert an. Wurde Daniel Konradi vor lauter Sorge um seinen Sohn allmählich verrückt?

Kim ließ ihren Blick durch den Raum schweifen. Plötzlich stutzte sie. »Darf ich kurz?« Sie griff nach einem Zettel auf Jonas Nachttisch.

»Klar!« Jona nickte. »Den hat mein Vater bei seinem letzten Besuch hier vergessen.«
Kim überflog ihn blitzschnell. Plötzlich musste sie niesen und ließ den Zettel vor Schreck fallen.

»Was ist denn los?« Marie musterte Kim besorgt. »Du bist ja ganz blass.«
»Seht euch das an!« Kim hob mit zitternden Fingern den Zettel auf, der auf dem Linoleumboden des Krankenzimmers gelandet war. Ihr Herz klopfte wie verrückt. Sie spürte deutlich, dass sie der Lösung des Falls ganz nah waren. Dieses unscheinbare Blatt Papier war der Schlüssel zum Geheimnis um die gestohlene Marienfigur.
Die drei !!! beugten sich über den Zettel. »Das scheint eine Kopie aus einem Buch zu sein«, stellte Franzi fest.
»Und hier steht auch, aus welchem.« Kim deutete auf den oberen Rand der Seite. »›Legenden und Wunderphänomene gestern und heute‹«, las sie vor.
Darunter befand sich ein Foto der gestohlenen Marienfigur. Es musste sich um eine ältere Aufnahme handeln, denn die Figur war noch nicht restauriert worden. Die goldene Farbe war abgeblättert und das Holz hatte an einigen Stellen Risse. Schnell überflog Kim den Text.
»Es geht um die Heilkraft der Marienfigur und darum, wie man sie freisetzt. Angeblich muss man die Figur an Stirn, Brust und Schultern berühren und danach ein stilles Gebet sprechen. Nach diesem Ritual ist man geheilt.«
Franzi schnaufte verächtlich. »So ein Unsinn! Das ist ja fast so abwegig wie Maries Kerzenorakel.«

»Mein Kerzenorakel hat bei Mandy und Tim einwandfrei funktioniert!«, verteidigte sich Marie.
»Das ist doch jetzt völlig egal«, sagte Kim ungeduldig. »Fakt ist, dass Jonas Vater eine Seite aus einem Legendenbuch kopiert hat, in dem es um die Heilkraft der Marienfigur geht. Wisst ihr, was das bedeutet?«
Die drei !!! sahen sich an. Kim wusste, dass ihre Freundinnen dasselbe dachten wie sie: Herr Konradi hatte sich mit dieser Kopie zu ihrem neuen Hauptverdächtigen gemacht.
»Darf ich auch mal sehen?«, fragte Jona. Offenbar hatte er sich den Zettel noch gar nicht näher angeschaut. »Das verstehe ich nicht!« Er runzelte die Stirn. »Papa hält überhaupt nichts von Wunderphänomenen und solchen Dingen. Früher war er nie abergläubisch. Warum interessiert er sich plötzlich für diese alte Marienfigur? Nur weil sie gerade bei uns in der Kirche ausgestellt wird?«
Jona hatte im Krankenhaus offenbar nichts von dem spektakulären Diebstahl mitbekommen. In stummem Einverständnis beschlossen die drei !!!, ihm auch vorerst nichts davon zu erzählen, um ihn nicht unnötig zu beunruhigen. Jona brauchte jetzt all seine Energie, um wieder gesund zu werden.
»Wir müssen leider los. Den kann ich mir ausleihen, oder?« Kim nahm Jona den Zettel aus der Hand, faltete ihn zusammen und ließ ihn in ihrer Jackentasche verschwinden. »Gute Besserung!«
»Ja, und bis bald mal wieder«, fügte Franzi hinzu.
»Ihr müsst schon gehen?«, fragte Jona enttäuscht. »Wie

schade! Aber danke für euren Besuch, das war wirklich sehr nett.«
»Ich werde auf dem Weihnachtsmarkt nach dir Ausschau halten.« Marie schenkte Jona zum Abschied ein strahlendes Lächeln und Franzi zog sie mit einem beherzten Griff aus dem Krankenzimmer.

»Was sollte das denn gerade?«, beschwerte sich Marie, als sie wieder draußen vor dem Krankenhaus standen. »Von deinem Klammergriff bekomme ich bestimmt einen blauen Fleck!«
Franzi grinste. »Ich wollte dich nur davor bewahren, rückfällig zu werden und schon wieder Geld in die Clubkasse einzahlen zu müssen. Eigentlich solltest du mir dankbar sein!«
»Darf man jetzt nicht mal mehr freundlich sein?« Empört zog Marie ihren kleinen Schminkspiegel für unterwegs hervor und überprüfte ihr Make-up.
»Schluss damit!«, sagte Kim streng. »Wisst ihr, was dieser Zettel bedeutet?« Sie klopfte auf ihre Jackentasche.
»Herr Konradi interessiert sich für die Marienfigur«, stellte Franzi fest. »Heißt das, er ist der Dieb?«
Kim nickte. Sie hatte vor Aufregung knallrote Wangen. »Garantiert! Es passt alles zusammen: Die Figur ist verschwunden, gleich nachdem Jona ins Krankenhaus eingeliefert wurde. Vermutlich hat Herr Konradi sie in einer Kurzschlussreaktion gestohlen, um seinem Sohn zu helfen. Wir müssen sofort zum Weihnachtsmarkt und ihn zur Rede stellen!«

»Moment!« Marie zog sich schnell noch die Lippen nach. Franzi verdrehte genervt die Augen. »Ist Madame bald so weit?«
»Schon fertig.« Zufrieden klappte Marie den Spiegel zu. »Wollen wir?«
Die Detektivinnen rannten los.

»Er ist nicht da!« Keuchend blieb Kim vor Daniel Konradis geschlossenem Stand stehen. Sie war nicht die Einzige, die sich wunderte. Mehrere Passanten machten enttäuschte Gesichter, als sie die heruntergelassene Holzklappe sahen. Am Samstagnachmittag war auf dem Weihnachtsmarkt Hochbetrieb und viele wollten schnell noch schönen Baumschmuck kaufen.
Marie überlegte kurz. »Wir sollten den Stand durchsuchen. Ganz wohl ist mir nicht dabei, aber es muss sein. Vielleicht hat Herr Konradi die gestohlene Figur ja hier versteckt.«
»Ach, du interessierst dich also doch noch für unseren Fall?«, stichelte Franzi. »Ich dachte, dein perfektes Make-up ist dir wichtiger!«
»Keineswegs.« Marie blieb äußerlich ganz ruhig, aber Kim war sich sicher, dass sie innerlich vor Wut kochte. »Wartet hier, ich bin gleich wieder da.« Mit energischen Schritten marschierte Marie auf den Nachbarstand zu, an dem Tees und Gewürze verkauft wurden.
»Was hat sie denn jetzt vor?«, fragte Franzi verdutzt. Kim zuckte mit den Schultern. Sie hatte nicht die geringste Ahnung.

»Guten Tag!« Marie lächelte den Teeverkäufer, einen älteren Herrn mit schütterem Haar und wässrigen blauen Augen, mindestens so breit an wie Jona vorhin. »Bei Ihnen riecht es aber gut!«
»Vielen Dank!« Der Verkäufer lächelte geschmeichelt zurück. »Darf ich der jungen Dame vielleicht eine kleine Teeprobe anbieten?«
Marie schüttelte den Kopf. »Nein, danke. Aber Sie könnten etwas anderes für mich tun. Ich habe eine riesengroße Bitte.« Gekonnt setzte Marie mal wieder ihr schauspielerisches Talent ein. Sie klang so hilfsbedürftig wie ein kleines Mädchen, das sich verlaufen hatte – und genauso harmlos. »Ich bin die Nichte von Herrn Konradi und soll heute Nachmittag für ihn einspringen. Onkel Daniel ist bei meinem Cousin Jona im Krankenhaus. Aber dummerweise habe ich den Schlüssel für den Stand zu Hause liegen lassen. Sie haben nicht zufällig einen Ersatzschlüssel, den Sie mir leihen könnten?«
»Zufällig ja!« Schmunzelnd zog der alte Herr einen Schlüssel unter dem Tresen hervor und gab ihn Marie.
»Da habe ich aber wirklich Glück!« Marie strahlte über das ganze Gesicht. »Vielen Dank, das ist sehr nett von Ihnen.«
»Gern geschehen.« Der Verkäufer nickte Marie freundlich zu, dann kam Kundschaft und er wandte sich ab.
Triumphierend kehrte Marie zu ihren Freundinnen zurück. »Na, wie hab ich das gemacht?«, fragte sie und schwenkte den Schlüssel.
»Super!«, lobte Kim.

»Wirklich nicht schlecht«, musste auch Franzi zugeben. »Ich bin beeindruckt.«
»Das hoffe ich doch«, gab Marie würdevoll zurück und schloss den Stand auf.
Während Franzi die Holzklappe öffnete, knipste Kim die Innenbeleuchtung an, die aus zwei verschlungenen Lichterketten bestand. »Wir müssen alles von oben bis unten durchsuchen«, sagte sie.
Kim durchwühlte das Regal an der Wand, Marie untersuchte den Holzboden nach versteckten Hohlräumen und Franzi verschwand unter dem Tresen.
»Nichts!«, rief Kim, nachdem sie sämtliche Schachteln geöffnet, aber nur kunstvoll gefertigte Strohsterne und Weihnachtskugeln in allen Farben gefunden hatte.
Auch Marie schüttelte enttäuscht den Kopf. »Keine Spur von einem Geheimversteck im Boden.«
»Was ist denn das?« Franzi tauchte wieder auf und zerrte eine große Holzkiste unter dem Tresen hervor.
Kim runzelte die Stirn. »Die Kiste hab ich doch schon mal gesehen … Genau!« Ihr Gesicht hellte sich auf. »Die hat Herr Konradi unter den Tresen geschoben, als wir die Zeugenbefragung durchgeführt haben. Angeblich eine neue Lieferung Weihnachtsbaumkugeln.«
Die drei !!! betrachteten ehrfürchtig die Kiste. Sie war ungefähr einen Meter lang und halb so breit. Konnte es sein, dass sich darin die sagenumwobene Marienfigur befand?
»Ich mach sie auf.« Franzi holte tief Luft und öffnete den Deckel.

Der letzte Beweis

Kim musste vor lauter Aufregung dreimal hintereinander niesen. Während sie sich schnäuzte, beugten sich Marie und Franzi über die geöffnete Kiste. Die war bis an den Rand mit kleinen weißen Styroporkugeln gefüllt. Im Schein der Lichterketten glitzerten sie wie Christbaumkugeln.
»Ich hab gerade so ein Gefühl, als wenn heute schon Weihnachten wäre!«, sagte Franzi aufgeregt. Die Kiste übte eine magische Anziehungskraft auf sie aus. Franzi wollte mit beiden Händen in die Kugeln hineingreifen.
»Stopp!«, rief Marie und hielt ihre Freundin im letzten Moment zurück. »Das ist möglicherweise ein wichtiges Beweisstück. Wir dürfen keine Fingerabdrücke hinterlassen.«
Kim hatte denselben Gedanken gehabt und bereits dünne Gummihandschuhe aus ihrem Rucksack geholt.
»Tut mir leid! Das hab ich total vergessen.« Franzi machte ein schuldbewusstes Gesicht.
Kim und Marie nahmen ihr den Anfängerfehler zum Glück nicht übel. Dazu waren sie selbst viel zu neugierig.
Die drei !!! streiften sich die Handschuhe über, Kim zückte eine Lupe und Marie schaltete ihre Taschenlampe ein. Dann durfte Franzi endlich die Styroporkugeln berühren. Vorsichtig schöpfte sie eine Handvoll nach der anderen heraus und legte sie in einen leeren

Karton. Es knisterte verheißungsvoll. Franzi tastete mit den Fingern nach dem wertvollen Inhalt, den das Füllmaterial schützen sollte. Jeden Augenblick würde die Marienfigur zum Vorschein kommen, da war sie sich ganz sicher. Doch dann griff Franzi wieder nur in Styroporkugeln.

Nachdem Franzi sämtliche Kugeln entfernt hatte, blieb eine leere Kiste übrig, die mit hellgrünem Schaumstoff ausgekleidet war. Franzi war den Tränen nahe. »Das gibt's doch nicht! Da ist nichts drin, rein gar nichts!«

»Entschuldigen Sie bitte!«, sagte plötzlich eine Dame im Pelzmantel. »Was kosten denn die Strohsterne hier?«

Marie und Franzi waren so überrascht, dass sie kein einziges Wort herausbrachten, doch Kim antwortete geistesgegenwärtig: »Die sind leider unverkäuflich!«

Die Dame im Pelzmantel zog beleidigt ab. Um weitere Kunden vom Stand fernzuhalten, stellten die drei !!! ein Schild auf, auf dem ›Wegen Warenlieferung kurzfristig geschlossen‹ stand. Danach widmeten sie sich wieder ihrem Fall.

Franzi seufzte. Sie wollte gerade die Styroporkugeln wieder in die Kiste umladen, als Kim plötzlich einen leisen Schrei ausstieß.

»Warte! Wir müssen uns die Schaumstoffverkleidung näher ansehen.« Kim ging mit ihrer Lupe in die Hocke. »Das Material ist so weich, dass der Inhalt einen Abdruck hinterlassen hat!«

Marie richtete ihre Taschenlampe auf den Schaumstoff. Jetzt sahen sie und Franzi es auch ganz deutlich. Der

Abdruck war sogar ziemlich tief und die Form ähnelte einer Sanduhr.
»Unsere Vermutung war richtig!«, freute sich Franzi. »Die Marienfigur muss bis vor Kurzem in der Kiste gelegen haben.«
Kim runzelte die Stirn. »Ja, aber beweisen können wir es nicht. Wenn wir Herrn Konradi damit konfrontieren, behauptet er wahrscheinlich, dass in der Kiste ein Nussknacker gelegen hat.«
»Moment mal!« Marie fischte ihr Handy aus der Hosentasche.
»Du willst doch nicht etwa deine SMS checken?«, fragte Franzi empört. »Kannst du dich ausnahmsweise mal auf unsere Ermittlungen konzentrieren, statt dauernd dein Make-up zu überprüfen oder mit deinem Handy herumzuspielen?«
Kim schielte nervös zum Nachbarstand. Der Teeverkäufer warf bereits interessierte Blicke zu ihnen herüber. Wenn Marie und Franzi jetzt einen Streit vom Zaun brachen, flog ihre ganze Tarnung auf.
Merkwürdigerweise wurde Marie überhaupt nicht wütend. Im Gegenteil, sie strahlte, als hätte sie gerade ein besonders tolles Geschenk bekommen. »Gleich hab ich's.« Sie durchsuchte ihre Fotogalerie und hatte bald gefunden, wonach sie gesucht hatte.
»Hier ist es! Als wir uns bei der Eröffnung des Weihnachtsmarktes die Krippe angesehen haben, hab ich die Marienfigur fotografiert. Der Schnappschuss ist sogar ziemlich gut geworden.«

Marie hielt Kim und Franzi ihr Handy hin. Die Marienfigur war vom Blitz perfekt ausgeleuchtet und die Umrisse waren erstaunlich scharf.

Schnell zog Franzi die Kiste näher heran. »Wir müssen das Foto mit dem Negativabdruck vergleichen.«

Konzentriert beugten sich die Detektivinnen abwechselnd über die Kiste und über Maries Handy. Eine Minute später kamen sie zum selben Ergebnis: Der Abgleich war positiv!

»Jetzt kann sich Herr Konradi nicht mehr herausreden«, sagte Kim triumphierend. »Das ist der endgültige Beweis. Die Marienfigur lag in der Kiste.«

Marie rieb fröstelnd ihre kalten Hände. Die Gummihandschuhe waren viel zu dünn für die frostigen Wintertemperaturen. »Da stimme ich dir zu. Die Frage ist nur: Wo befindet sich die Marienfigur jetzt?«

»Lasst uns noch mal alles rekonstruieren«, sagte Franzi. »Herr Konradi hat die Figur gestohlen und eine Woche lang in seinem Stand versteckt, bis sich die Aufregung um den Diebstahl gelegt hatte. Dann hat er die Maria aus der Kiste geholt und in seiner Sporttasche ins Krankenhaus gebracht. Jona sollte die Figur berühren und geheilt werden, doch daraus wurde nichts. Aber Jona kommt heute nach Hause. Und da wartet die Figur sicher schon auf ihn!«

Kim klopfte Franzi auf die Schulter. »Du hast vollkommen recht.«

Plötzlich fiel ein Schatten auf die Gesichter der Detektivinnen. Der Teeverkäufer von nebenan war zu ihrem

Stand gekommen und richtete verwundert seine wässrigen blauen Augen auf sie. »Ich möchte ja nicht neugierig sein, aber warum seid ihr eigentlich hier, wenn ihr gar nichts verkaufen wollt?«

Marie tippte mit ihren lackierten Fingernägeln auf ihr Handy. »Onkel Daniel hat uns gerade angerufen. Er braucht uns, weil Jona heute schon entlassen wird. Wir sollen den Stand doch zumachen.« Sie lächelte den Teeverkäufer an, während Kim und Franzi hektisch die Lichterketten ausschalteten und den Stand abschlossen.

»Vielen Dank für den Schlüssel!«, sagte Kim. »Sie haben uns sehr geholfen.«

»Keine Ursache.« Der alte Herr nickte freundlich. »Richtet eurem Onkel bitte schöne Grüße aus und gute Besserung für Jona!«

»Machen wir gerne.« Marie streifte unauffällig die Gummihandschuhe ab und tauschte sie gegen ihre brombeerfarbenen Fäustlinge. »Ach, da wäre noch etwas: Mein Orientierungssinn ist leider furchtbar schlecht. Könnten Sie uns vielleicht sagen, wie wir am schnellsten zu Onkel Daniel nach Hause kommen?«

»In die Alexanderstraße 30? Aber natürlich!« Der Teeverkäufer erklärte ihnen bereitwillig den Weg – und hatte ihnen gleichzeitig ganz nebenbei die Adresse des Verdächtigen verraten.

»Tausend Dank!« Marie schüttelte ihm herzlich die Hand und die drei !!! machten sich schnell aus dem Staub.

Mühsam kämpften sie sich durch die vielen Besucher. Bei den letzten Buden hätten sie endlich freie Bahn ge-

habt. Doch dann sahen sie Mandy. Die Amerikanerin stand einsam unter dem hell erleuchteten Tannenbaum. Wimperntusche lief in schwarzen kleinen Bächen über ihre Wangen. Mandy weinte.
»Hey, lass dich mal drücken!«, sagte Kim.
Mandy schlang wie eine Ertrinkende die Arme um Kims Hals. »Ich werde ihn nie mehr wiedersehen. Tim ist verschwunden, für immer!«, schluchzte sie.
Franzi schüttelte energisch den Kopf. »Kein Mensch verschwindet einfach so. Tim ist in der Stadt und wir werden dir helfen, ihn zu finden. Vergiss nicht, wir sind Detektivinnen!«
»Genau«, sagte Marie. »Weißt du, was wir machen? Wir hängen im Jugendzentrum und auf dem Weihnachtsmarkt Suchanzeigen auf, mit Foto und Steckbrief von Tim. Wir schreiben ›Bitte melde dich!‹ und geben meine Handynummer an.«
Mandy löste sich aus Kims Armen und tupfte mit einem Taschentuch die Wimperntusche ab. »Danke, das ist eine tolle Idee! Vielleicht klappt es ja.« Sie versuchte nicht mehr zu weinen, sah aber immer noch unendlich traurig aus.
Kim wäre mit Mandy jetzt am liebsten ins *Café Lomo* gegangen oder ins Kino, um sie von ihrem Liebeskummer abzulenken, doch das ging nicht. Die drei !!! mussten Daniel Konradi überführen.
Es war nur ein schwacher Trost, aber Kim fiel gerade nichts Besseres ein: »Denk daran, Mandy: An Weihnachten geschehen Wunder!«

Des Rätsels Lösung

Während Kim hinter Franzi und Marie durch die Straßen rannte, musste sie an Mandy denken. Ihr trauriges Gesicht ging ihr einfach nicht aus dem Kopf. Kim hätte sie so gerne getröstet, aber die Ermittlungen gingen nun mal vor. Warum konnte sie sich nicht einfach zweiteilen?

»Alexanderstraße 30, hier muss es sein!« Franzi blieb vor einem Mietshaus mit schmutzig grauer Fassade stehen. Es war bereits dunkel und in einem Fenster im Erdgeschoss brannte Licht. Die Vorhänge waren zugezogen, doch durch einen Spalt in der Mitte konnte man einen Blick hineinwerfen.

Kim schob die Gedanken an Mandy beiseite und stellte sich auf die Zehenspitzen. »Ich sehe Herrn Konradi – und Jona!«

»Dann hat sein Vater ihn also inzwischen aus dem Krankenhaus abgeholt«, sagte Marie.

»Sie scheinen sich zu streiten«, berichtete Kim. »Und zwar ziemlich heftig.« Plötzlich sog sie scharf die Luft ein.

»Was ist los?«, fragte Marie erschrocken. »Geht es Jona nicht gut?«

»Nein, nein, mit Jona ist alles in Ordnung.« Aufgeregt drehte sich Kim zu ihren Freundinnen um. »Aber ratet mal, was da drinnen auf dem Küchentisch steht!«

»Keine Ahnung, spuck's schon aus«, sagte Franzi ungeduldig.

»Die Marienfigur!«, verkündete Kim.
»Was?« Marie blinzelte überrascht. »Einfach so? Ganz offen?«
Kim nickte. In diesem Moment hörten sie durch das geschlossene Fenster, wie Herr Konradi seinen Sohn anbrüllte. Die drei !!! tauschten einen alarmierten Blick.
»Wir müssen da rein«, sagte Kim.
Die Detektivinnen rannten ins Haus – die Haustür war zum Glück nur angelehnt – und klingelten an der Wohnungstür der Konradis. Niemand machte auf. Kim kaute nervös auf ihrer Unterlippe herum. »Was machen wir denn jetzt?«
»Notfallplan!«, rief Marie. Sie trommelte mit den Fäusten gegen die Tür und rief laut: »Feuer!«
Kurz darauf machte Jona auf. Er sah ziemlich aufgewühlt aus. »Ihr?«, fragte er überrascht.
»Wir müssen dringend mit deinem Vater reden.« Kim drängelte sich kurzerhand an Jona vorbei. Franzi und Marie folgten ihr. In der Küche versuchte Herr Konradi gerade verzweifelt, die Marienfigur mit einem Geschirrtuch zu verhüllen. »Geben Sie sich keine Mühe«, sagte Kim. »Wir wissen, dass Sie die Maria gestohlen haben.«
Das Handtuch rutschte zur Seite. Die Marienfigur lächelte die Detektivinnen milde an.
»Ja, es stimmt.« Jonas Vater ließ sich auf einen Stuhl fallen. »Ich bin der Dieb, den alle suchen.« Er vergrub das Gesicht in den Händen. Offenbar war er mit den Nerven am Ende.

»Warum haben Sie das getan?«, erkundigte sich Kim etwas freundlicher. »Wegen Jona?«

Herr Konradi nickte. »Ich war völlig verzweifelt, als Jona mit Blaulicht ins Krankenhaus eingeliefert wurde und der Arzt dann auch noch seinen Verdacht auf Hirntumor geäußert hat. Ich wollte meinen Sohn nicht verlieren! Da fiel mir die alte Legende wieder ein. Ich bin ohne besonderen Plan in die Kirche gegangen, die am späten Abend menschenleer war. Und dann …«

»Dann hast du die Figur einfach geklaut?« Jona stand vorwurfsvoll in der Küchentür.

»Ich habe es doch für dich getan!«, sagte Herr Konradi leise. »Damit du wieder gesund wirst.«

»Wie genau ist der Diebstahl vor sich gegangen?«, fragte Franzi.

Herr Konradi seufzte. »Neben der Krippe stand eine Sackkarre herum, damit habe ich die Vitrine eingeschlagen. Natürlich ging sofort der Alarm los, aber ich war schneller als die Polizei. Mit der Sackkarre habe ich die Maria zu meinem Stand gefahren. Der Weg ist ja nicht weit.«

»Und dann haben Sie die Figur in der Kiste unter dem Tresen versteckt«, warf Marie ein.

Jonas Vater nickte. »Ich habe bis in die frühen Morgenstunden des nächsten Tages in meinem Stand gehockt und vor Angst gebibbert. Draußen lief ja überall Polizei herum. Ich fürchtete, jeden Moment entdeckt zu werden. Erst als die Beamten wieder abgerückt waren, hab ich mich aus meinem Versteck getraut. Die Marienfigur wollte ich erst mal im Stand lassen. Aber die Sackkarre hab ich in den Kofferraum meines Autos geladen und hier im Keller deponiert. Vor lauter Müdigkeit hab ich am Sonntag glatt verschlafen und den Stand erst gegen Mittag wieder geöffnet.«

»Und die Figur hat die ganze Zeit in Ihrem Stand gelegen?«, fragte Marie weiter.

Herr Konradi nickte. »Ich wollte warten, bis sich die erste Aufregung um den Diebstahl gelegt hat, und die Figur dann ins Krankenhaus schmuggeln.«

»Darum war es Ihnen auch nicht recht, dass Jona Besuch bekommt, richtig?«, kombinierte Franzi.

Herr Konradi nickte wieder.

»Du hast mich absichtlich im Krankenhaus isoliert?«, fragte Jona empört. »Das wird ja immer schöner!«

»Aber der Pförtner hat Ihnen einen Strich durch die Rechnung gemacht«, sagte Kim.

Herr Konradi sah sie überrascht an. »Das wisst ihr auch schon?« Er seufzte. »Der Pförtner wollte mich einfach nicht reinlassen – und ich konnte ihn doch unmöglich in die Tasche schauen lassen! Dann hätte er ja die gestohlene Figur entdeckt. Also hab ich die Maria hierhergebracht und Jona abgeholt, der in der Zwischenzeit angerufen hatte. Er sollte die Figur endlich berühren, um wieder gesund zu werden. Ich hatte mich sogar extra über das genaue Ritual informiert. Aber Jona wollte nicht.«

»Das ist doch alles Humbug!« Jonas Stimme klang verächtlich. »Ich glaube nicht an Wunderheilungen und so einen Quatsch. Und ich kann's immer noch nicht glauben, dass du die Figur einfach gestohlen hast. Mein Vater ist ein Dieb!«

»Das muss ein ganz schöner Schock für dich sein«, sagte Marie mitfühlend.

»Allerdings!« Jona fuhr sich nervös durch die Haare. »Mir sind fast die Augen aus dem Kopf gefallen, als ich die Figur auf dem Küchentisch entdeckt habe. Und dann sollte ich sie auch noch an verschiedenen Stellen berühren und irgendein Gebet sprechen. Als ich mich geweigert habe, ist Papa ausgerastet und hat mich angeschrien.«

»Es tut mir leid.« Herr Konradi sah seinen Sohn reumütig an. »Ich weiß, dass ich einen großen Fehler gemacht habe. Aber ich wollte nur dein Bestes, Jona, das musst du mir glauben! Ich hoffe, du kannst mir irgendwann verzeihen.« Er stand auf. Plötzlich lag eine neue Entschlossenheit in seinem Blick. »Ich werde mich der Polizei stellen und die Figur freiwillig zurückgeben. Dann hat dieser Albtraum endlich ein Ende und ich kann hoffentlich wieder ruhig schlafen.«

Kim nickte anerkennend. »Eine sehr gute Idee! Und ziemlich mutig.«

»Wir begleiten Sie aufs Präsidium«, ergänzte Franzi.

»Ich komme auch mit.« Jona griff nach seiner Jacke.

»Das ist sehr nett von euch.« Herr Konradi sah seinen Sohn und die drei !!! dankbar an.

Gemeinsam machten sie sich auf den Weg.

Geheimes Tagebuch von Kim Jülich
Montag, 14:17 Uhr

Achtung, Lesen verboten! Wer diese Warnung missachtet, muss angebrannte Weihnachtskekse essen, bis ihm schlecht wird!

Der Fall um die gestohlene Marienfigur ist gelöst! Und auch im Fall von Mandys verschwundener großer Liebe gibt es aufregende Neuigkeiten. Gestern haben Marie, Franzi und ich überall auf dem Weihnachtsmarkt und im Jugendzentrum Suchanzeigen aufgehängt, um Tim zu finden. Der Erfolg ließ nicht lange auf sich warten! Heute, kurz nach Schulschluss, hat sich Tim auf Maries Handy gemeldet. Ein Freund hatte die Suchanzeige im Jugendzentrum gesehen und Tim davon erzählt. Natürlich wollte Tim wissen, was los ist, aber Marie hat nur geheimnisvoll getan und ihn zur Eislaufbahn in die Fußgängerzone bestellt. Leider hat Tim erst Ende der Woche wieder Zeit. Er ist offenbar gerade ziemlich im Stress – aber wer ist das nicht, so kurz vor Weihnachten? (Dabei fällt mir ein, dass ich immer noch nicht alle Weihnachtsgeschenke habe. Muss mich dringend darum kümmern!) Jedenfalls hat Marie Tim nichts verraten, sondern einfach behauptet, es ginge um Leben und Tod.

Die große Frage lautet jetzt: Wird er am Freitag zur Eislaufbahn kommen?

PS: Meine Erkältung geht nicht weg, obwohl ich Kannen von Tee in mich hineinschütte!

Blind Date

Kim hatte gerade ihren Tagebucheintrag auf dem Computer abgespeichert, als Ben und Lukas hereinplatzten. »Wir haben zwei Überraschungen!«, rief Ben. Sein Bruder versteckte sich hinter ihm.

»Was hast du denn diesmal angestellt, Lukas?«, seufzte Kim.

Lukas tauchte kichernd hinter Ben auf. Er breitete die Arme aus und hüpfte durchs Zimmer. Auf seinem Rücken war ein Paar weiße Flügel befestigt. Es war nicht schwer zu erraten, was das zu bedeuten hatte. »Dürft ihr jetzt doch die Engel spielen?«, fragte Kim.

Lukas klopfte sich mit beiden Fäusten auf die Brust. »Ja! Die Probe ist super gelaufen.«

»Wir haben Tristan und Akim locker an die Wand gespielt«, berichtete Ben. »Frau Seitz war total begeistert. Danke, dass du uns geholfen hast!«

Kim betrachtete die freudestrahlenden Gesichter ihrer Brüder und bekam plötzlich einen Anfall von Zärtlichkeit. »Nicht der Rede wert. Hab ich doch gern gemacht.« Sie wuschelte den Zwillingen durch die Haare und lachte.

»Du hast gar nicht nach der zweiten Überraschung gefragt!« Lukas grinste schelmisch.

»Und, was ist eure zweite Überraschung?«

Die Zwillinge streckten Kim die Zunge heraus und

krähten im Chor: »Verraten wir nicht! Das ist ein Weihnachtsgeheimnis.«
»Schade!« Kim gab sich Mühe, enttäuscht zu klingen. Die bisherigen Weihnachtsgeschenke ihrer Brüder hatten nicht ganz ihren Geschmack getroffen: Letztes Jahr hatte sie einen Fanschal des Bundesliga-Absteigers bekommen und davor eine schwarze Plastikspinne.
»Übrigens, nur zu eurer Information«, fügte Kim hinzu, »mein Weihnachtsgeschenk für euch hab ich gut versteckt. Ihr braucht erst gar nicht danach zu suchen, ihr findet es sowieso nicht.«
Ben und Lukas tauschten einen verräterischen Blick.
»Alles klar«, sagte Lukas und rannte mit seinem Zwillingsbruder aus dem Zimmer.
Kim rupfte sich todesmutig ein Haar aus. Fachmännisch befeuchtete sie es mit Spucke und klebte es quer über die oberste Schublade ihres Schreibtischcontainers, in der ein Zettel für die Zwillinge lag.

Ätsch! Hier lag euer Geschenk. Hört auf zu suchen und verschwindet SOFORT aus meinem Zimmer.

In Wirklichkeit lag das Weihnachtsgeschenk der Zwillinge – eine selbst gebastelte Collage mit Fotos ihrer Lieblingsfußballer – ganz hinten im Schrank unter Kims Pullis. Dort würden es ihre neugierigen Brüder garantiert niemals finden!

»In drei Tagen ist Weihnachten!« Kim rieb voller Vorfreude ihre Hände. Sie hatte sich heute extra warm angezogen. Ihr Schnupfen war zwar endlich besser geworden, aber sie wollte sich auf keinen Fall über die Feiertage eine zweite Erkältung einfangen.

»Was, schon?« Franzi machte ein entsetztes Gesicht. »Oje! Mir fehlen noch so viele Geschenke!«

»Locker bleiben«, riet Marie. »Last-Minute-Geschenke sind oft die besten.«

Die drei !!! schlenderten am Freitagnachmittag mit Mandy durch die Fußgängerzone. Es war eiskalt, aber die Sonne schien von einem blitzblauen Himmel. Alle waren gut gelaunt, nur Mandy sah unglücklich aus. Den ganz großen Liebeskummer hatte sie überwunden. Trotzdem war sie in den letzten Tagen ungewöhnlich schweigsam gewesen und verbreitete eine wehmütige Aura. Kein Wunder, die drei !!! hatten ihr bisher absichtlich nicht von Tims Anruf erzählt.

Marie hakte sich bei Mandy unter. »Na, freust du dich auf dein erstes Weihnachtsfest in Deutschland?«

»*Sure!*« Mandy lächelte verkrampft. »Herr Jülich hat schon den Tannenbaum auf den Balkon gestellt. Es wird sicher sehr stimmungsvoll.« Tim erwähnte sie mit keinem Wort, obwohl er garantiert ständig in ihrem Kopf herumspukte.

Die drei !!! warfen sich vielsagende Blicke zu. Noch ahnte Mandy nichts davon, dass sie gleich Tim begegnen würde. Das Blind Date sollte der Überraschungsknaller des Tages werden. So war zumindest der Plan, vorausgesetzt, Tim tauchte auch wirklich auf.

»Wisst ihr was?« Franzi tat so, als hätte sie einen spontanen Einfall. »Lasst uns zur Eislaufbahn gehen! Die ist hier ganz in der Nähe.«

»Aber wir haben keine Schlittschuhe dabei«, wandte Mandy ein.

Kim winkte ab. »Kein Problem! Wir können uns welche ausleihen. Hast du Lust?«

Mandy, die nicht besonders sportlich war, gab sich einen Ruck. »Ja, warum nicht?«

Die Eislaufbahn war gut besucht, aber bei der Ausleihe mussten sie zum Glück nicht lange warten. Sie suchten sich passende Schuhe aus und stöckelten damit zum Eingang.

»Los, kommt!«, rief Franzi fröhlich und sauste sofort los. Marie flitzte hinterher.

Kim und Mandy ließen es lieber langsam angehen, aber nach den ersten noch ein wenig unsicheren Schwüngen glitten auch sie zügig über die funkelnde Eisfläche.

»Ist es nicht toll hier?« Franzi setzte zu einem Sprung an. Gekonnt federte sie ab und landete wieder sicher auf den Kufen.

»Ja, sehr schön!« Mandy vergaß für einen Moment ihren Kummer. Lachend plauderte sie mit den drei !!!, die gleichzeitig verstohlen nach Tim Ausschau hielten. Es war nicht leicht, sich auf der vollen Eisfläche einen Überblick zu verschaffen. Verliebte Paare, Familien mit Kindern und Horden frecher Jungs wuselten durcheinander.

Marie sah ihn zuerst. Tim lehnte an der Bande beim

Eingang und ließ ein paar drängelnden Mädchen den Vortritt. Seine blonden Haare waren unter einer blauen Wollmütze versteckt, aber die Stupsnase war unverkennbar. Jetzt betrat Tim die Eisfläche.

»Da drüben!«, raunte Marie Kim und Franzi zu.

»Ich glaube, dort vorne gibt es Waffeln«, sagte Kim. »Wollen wir uns welche holen?«

»Oh ja!« Mandy stimmte dem Vorschlag begeistert zu. Ihre Schwäche für Süßigkeiten war eine weitere Gemeinsamkeit mit Kim.

Die drei !!! nahmen Mandy in die Mitte und liefen mit ihr zum Waffelstand hinüber. Das Timing war perfekt. Genau in dem Moment, als sie ihr Ziel erreichten, kam auch Tim dort vorbei. Er und Mandy liefen sich praktisch in die Arme.

»Hallo Mandy, so ein Zufall! Schön dich zu sehen«, sagte Tim.

Seine leuchtenden Augen ließen keinen Zweifel daran, wie sehr er sich über das Blind Date freute.

»Hi!«, hauchte Mandy und wurde rot.

Tims Augen wanderten zu ihren Händen. Die steckten in den viel zu großen Fäustlingen, die er ihr beim letzten Treffen geliehen hatte. »Du trägst ja meine Handschuhe!«

»Äh … ja.« Mandy wurde noch röter. »Ich wollte sie dir längst zurückgeben, aber ich hatte deine Handynummer nicht und …«

Marie räusperte sich. »Mandy, wir gehen schon mal vor zum Waffelstand, okay?«

»Klar«, murmelte Mandy, völlig versunken in Tims Augen.
Die drei !!! zogen sich diskret zurück. Aus der Ferne beobachteten sie, wie Mandy mit Tim übers Eis lief. Sie redeten nicht viel, aber sie sahen sich oft an und lächelten die ganze Zeit. Dann stolperte Mandy. Tim griff nach ihrer Hand und verhinderte einen Sturz.
»Seht nur!«, rief Franzi. »Er lässt ihre Hand nicht mehr los.«
»Wie süß!«, seufzte Marie.
Kim sagte nichts. Sie freute sich nur still für Mandy.
»He Kim! Warte mal!« Plötzlich kamen Ben und Lukas angesaust.
»Ihr schon wieder! Ich bin mit meinen Freundinnen hier.« Kim machte unmissverständlich klar, dass sie den Nachmittag ungestört verbringen wollte. Doch Ben hängte sich wie eine Klette an sie.
Dann drückte Lukas ihr ein Päckchen in die Hand. »Die zweite Überraschung! Wir konnten nicht mehr bis Weihnachten warten. Du brauchst es jetzt schon.«
»Ein Geschenk, für mich?« Neugierig riss Kim das Papier auf. Ein dicker Schal kam zum Vorschein. Die erste Hälfte war unglaublich schief gestrickt, die zweite Hälfte dafür umso regelmäßiger. »Danke!«, sagte Kim gerührt. »Das ist aber lieb von euch.«
»Mama hat uns nur ein bisschen geholfen«, behauptete Ben.
»Natürlich!« Kim zwinkerte den Zwillingen zu und schlang sich den kuscheligen Schal um den Hals. »Ich

hab übrigens auch noch vor Weihnachten eine Überraschung für euch«, kündigte sie an.
Jetzt wollten Ben und Lukas natürlich unbedingt mehr wissen, aber Kim verriet nichts.

Jetzt kann Weihnachten kommen!

»Fürchtet euch nicht!«, trompetete Ben so laut, dass sein Heiligenschein aus goldenem Tonpapier bebte.
Kim saß zwischen Mandy und ihren Eltern im Publikum und sprach jedes Wort lautlos mit. Es war der vierte Advent und die Zwillinge hatten ihren großen Auftritt. Die Kirche war bis auf den letzten Platz besetzt und alle verfolgten gebannt das Krippenspiel.
Jetzt war Lukas an der Reihe. »Heute wurde in Bethlehem der Heiland geboren. Ihr findet ihn in einem Stall, in Windeln gewickelt und … und …« Er stockte. Seine Wangen, die Kim mit Mandys Schminkset engelsgleich rosig geschminkt hatte, verfärbten sich hummerrot.
Kim hielt die Luft an. Hatte Lukas etwa seinen Text vergessen? Dabei hatte sie die Zwillinge gestern extra noch einmal abgehört!
Zum Glück fing sich Lukas schnell wieder. »… und Jesus liegt in so einem Ding, aus dem eigentlich die Tiere fressen«, improvisierte er munter drauflos.
Ein paar Zuschauer lachten. Aber da stimmten die anderen Engel bereits *Ihr Kinderlein, kommet* an und Lukas' kleiner Aussetzer ging im lautstarken Gesang unter. Kim atmete erleichtert auf.
Die restliche Aufführung verlief ohne weitere Zwischenfälle. Als das Stück zu Ende war, gab es tosenden Applaus. Kim, Mandy und Herr Jülich klatschten wie

verrückt und Frau Jülich hatte vor Rührung Tränen in den Augen. Ben, Lukas und die anderen Kinder verbeugten sich stolz. Für einen Moment kam es Kim so vor, als würde ihr die Marienfigur in der Vitrine dankbar zuzwinkern.

Kurze Zeit später versammelten sich alle vor der Kirche. Dr. Bramlage, der mit seinen Enkeln ebenfalls im Publikum gesessen hatte, wünschte Kim frohe Weihnachten. Dann stürmten Ben und Lukas, die sich umgezogen und abgeschminkt hatten, mit ihren Basecaps auf Kim, Mandy und ihre Eltern zu.

»Na, wie waren wir?«, fragte Lukas. »Super, oder?«

»Wir sind eben die geborenen Schauspieler!«, stellte Ben selbstbewusst fest.

Kim lachte. »Ausnahmsweise muss ich euch recht geben. Ihr habt wirklich toll gespielt.« Sie zog eine Plastikdose aus ihrem Rucksack. »Und deshalb bekommt ihr jetzt auch die Überraschung.«

»Zeig her!«, rief Ben aufgeregt, während Lukas neben ihm wie ein Flummi auf und ab hüpfte.

Kim öffnete die Dose und gab jedem ihrer Brüder einen großen Lebkuchenengel, den sie liebevoll mit Zuckerguss und Schokoglasur verziert hatte. Kim hatte sie gestern Abend extra noch gebacken, nachdem ihre Brüder ins Bett gegangen waren.

»Danke!« Lukas biss seinem Engel sofort den Kopf ab. »Schmeckt prima«, nuschelte er.

»Freut mich.« Kim steckte die Dose wieder weg und sah auf ihre Armbanduhr. »Sorry, aber Mandy und ich

müssen jetzt los. Wir sind mit den anderen im *Lomo* verabredet.«
Bevor Frau Jülich widersprechen konnte, machte sich Kim mit Mandy aus dem Staub.

»Morgen ist endlich Weihnachten. Ist das nicht herrlich?« Franzi seufzte verzückt.
Marie lachte. »Und ob! Ich kann's kaum erwarten …« Sie nippte an ihrem *Kakao Spezial.*
»Ich hab mein schönstes Weihnachtsgeschenk bereits bekommen.« Tim, der dicht neben Mandy auf dem Sofa im *Café Lomo* saß, drückte ihr einen Kuss aufs Ohr. Mandy schmiegte sich lächelnd an ihn.
Kim beobachtete die beiden zufrieden. Nun war Mandys Liebesgeschichte doch noch gut ausgegangen. Sie und Tim waren ein glückliches Paar.
Doch plötzlich huschte ein Schatten über Mandys Gesicht. »Ich darf gar nicht daran denken, dass ich am 1. Januar wieder in die USA fliegen muss. Am liebsten würde ich für immer hierbleiben!«
Tim nahm ihre Hand und drückte sie. »Keine Sorge, ich besuche dich, sobald ich kann. Und in der Zwischenzeit können wir jeden Tag mailen oder übers Internet telefonieren.«
»Gute Idee!« Mandy sah schon wieder etwas fröhlicher aus.
Da fiel Kim etwas ein. »Bevor ich's vergesse – das ist für euch. Aber erst morgen unterm Baum öffnen!« Sie holte die beiden Seifenpäckchen hervor, die sie in selbst

gemachtes Geschenkpapier eingewickelt hatte, und überreichte sie Marie und Franzi.
»Danke! Ich hab auch etwas für euch.« Marie verteilte drei in glänzende Silberfolie verpackte Geschenke an Kim, Franzi und Mandy.
»Und ich hab es tatsächlich noch geschafft, in letzter Minute alle Geschenke zusammenzubekommen.« Grinsend zog Franzi drei kleine Papiertüten hervor, die sie mit Strohsternen beklebt hatte.
Kim betrachtete neugierig die Geschenke ihrer Freundinnen. Was sich wohl darin verbarg? Dieses Geheimnis würde sie erst in vierundzwanzig Stunden lüften.
»Wenn nur schon morgen wäre!« Maries Stimme klang so sehnsüchtig, dass alle lachen mussten.
»Seht mal, wer da kommt!« Kim zeigte zur Tür des *Lomo*, in der Jona stand. Er sah schon wieder viel fitter aus.
»Hallo, alle zusammen!«, grüßte Jona. »Darf ich mich kurz zu euch setzen?«
»Klar, hier ist noch ein Platz frei.« Marie klopfte einladend auf ein Sofakissen. »Wie geht es dir?«
»Prima!« Jona lächelte. »Gestern war ich zur Nachbesprechung im Krankenhaus. Stellt euch vor: Die Ärzte können einen Hirntumor mit absoluter Sicherheit ausschließen!«
»Ehrlich? Das ist ja toll!« Marie fiel Jona spontan um den Hals, was ihr einen tadelnden Blick von Franzi und Kim eintrug.
»Und was fehlt dir jetzt?«, erkundigte sich Franzi.
»Ich habe Cluster-Kopfschmerzen«, erklärte Jona. »Das

sind einseitige, in Attacken auftretende Schmerzen, die sich periodisch im Bereich von Schläfe und Augen ausbreiten. Diese Krankheit kann mit herkömmlichen Methoden leider noch nicht behandelt werden.«

»Heißt das, die Ärzte können gar nichts tun?«, fragte Kim betroffen.

Jona schüttelte den Kopf. »Nein. Es gibt allerdings eine alternative Therapie, die sehr gut sein soll. Leider ist sie ziemlich teuer und wird von unserer Krankenkasse nicht bezahlt. Aber Papas Kollegen vom Weihnachtsmarkt haben für mich gesammelt, damit ich die Therapie trotzdem machen kann. Ist das nicht toll?«

»Super!« Marie strahlte übers ganze Gesicht. »Dann bist du bestimmt bald wieder ganz gesund.«

»Das hoffe ich auch«, sagte Jona zuversichtlich. »Und jetzt feiern Papa und ich erst mal Weihnachten.« Herr Konradi war nach seinem Geständnis gegen eine Kaution wieder auf freien Fuß gesetzt worden. »Papas Prozess findet erst im neuen Jahr statt«, berichtete Jona. »Unser Anwalt meint, dass er mit etwas Glück mildernde Umstände bekommt, weil er sich freiwillig gestellt hat.«

»Wir drücken euch jedenfalls die Daumen«, sagte Franzi.

»Ich hab eine super Idee!« Kim flüsterte Marie und Franzi etwas zu und beide nickten. Daraufhin zog Kim eine verbeulte Spardose heraus, die den drei !!! als Clubkasse diente. »Wir haben in den letzten Wochen etwas Geld gesammelt«, begann Kim. »Das hatte

mit einem … nun ja … ganz besonderen Fall zu tun.«
Mandy kicherte, während Kim fortfuhr: »Jedenfalls ist einiges zusammengekommen. Eigentlich wollten wir damit morgen Vormittag ein Last-Minute-Weihnachtsshopping veranstalten, aber gerade haben wir beschlossen, es stattdessen für einen guten Zweck zu spenden.« Sie gab Jona die Blechbüchse.
Jona starrte die drei !!! überrascht an. »Für mich? Seid ihr sicher?«
Marie nickte. »Ganz sicher! So ist das Geld viel sinnvoller angelegt.«
»Danke!« Jona war richtig gerührt.
Da fiel Kim noch etwas ein: »Schöne Grüße von Kommissar Peters. Er hat mir vorhin gesimst. Er wünscht frohe Weihnachten und gratuliert uns zum Ermittlungserfolg. Übrigens hat er mit seinen Kollegen über die schlampigen Untersuchungen gesprochen. So etwas wird in Zukunft nicht wieder vorkommen.«
»Super!« Marie hob ihre Kakaotasse. »Dann können wir ja auf den gelösten Fall anstoßen.«
»Und auf die Marienfigur – ob sie nun Wunder bewirken kann oder nicht!« Franzi grinste.
»Und auf Jona und darauf, dass er schnell wieder gesund wird!« Marie lächelte Jona an.
»Und auf die Liebe!« Mandy drückte Tims Hand.
Sechs Kakaotassen stießen klirrend gegeneinander.
Kim trank einen großen Schluck und seufzte zufrieden.
»Jetzt kann Weihnachten kommen!«